啼《な》く

居眠り同心 影御用5

早見 俊

二見時代小説文庫

草笛が啼《な》く——居眠り同心 影御用5

目次

第一章　奉行の密命

一

文化《ぶんか》八年（一八一一年）の夏はひときわ暑かった。日輪は大地を焦《こ》がし、生暖かい風が砂塵を舞わせ、ねっとりとした暑気が日が暮れても残っていた。人々は畏《おそ》れるように日輪を避け、元気なのは蟬ばかりである。

六月一日の夕暮れ近くになり、北町奉行所同心蔵間源之助《くらまげんのすけ》は帰り支度を整えた。背は高くはないががっしりした身体、日に焼けた浅黒い顔、男前とは程遠いいかつい面《おも》差《ざ》し、一見して近寄りがたい男である。

両御組姓名掛《りょうおんくみせいめいがかり》、これが源之助が所属する部署だ。南北町奉行所の与力、同心の名簿を作成することを役目としている。与力、同心たちや身内の素性を記録する。赤ん坊が生まれたり、死者が出たり、嫁を迎えたりする都度《つど》、それを記録していく。

強面《こわもて》の源之助にはおおよそ不似合いな至って平穏な職務である。はっきり言って閑職だ。それが証拠に南北町奉行所を通じて源之助ただ一人ということがそのことを如実に物語っていた。

居眠り番、と陰口を叩かれる所以《ゆえん》である。

このため、奉行所の建屋内にあるわけではなく、土蔵の一つを間借りしている。板敷きの真ん中に畳を二畳敷き文机《ふづくえ》や火鉢を置き、周囲に書棚が並べられている。書棚には名簿が北町、南町に区分けして収納してあった。

源之助は脇に置いておいた絽《ろ》の夏羽織を持ち、腰を上げようとした。天窓から差し込む夕陽が眩しく目に刺さる。蝉の鳴き声がやみ、いくぶんか風に涼が感じられるようになった。

と、その時引き戸口に人影が立った。引き戸は風を取り入れるため開け放ってある。開けておかないことには暑気が籠《こも》ってとてものこと中に居られたものではない。

夕陽を受けた人影は薄ぼんやりと茜《あかね》に染まり、面差しはよくわからないものの、羽織、袴に身を包んだその姿には見覚えがある。北町奉行永田備後守《ながたびんごのかみ》正道《まさみち》の内与力《うちよりき》武山英五郎《たけやまえいごろう》だ。内与力とは奉行所には属さず、奉行個人の家臣である。奉行と奉行所の役人たちの間に立って様々な調整を行う。

「邪魔するぞ」

武山はそう一言発して入って来た。源之助は羽織を重ね正座をした。膝の上に両手を置き、頭を下げる。武山は歳の頃なら三十半ば、広い額に聡明そうな切れ長の目をしている。この暑いのに身だしなみに乱れはなく、それでいて涼しげであることがいかにも切れ者を思わせた。

「多忙のところすまぬな」

その言葉は皮肉とも取れたが、まじめな顔を見れば挨拶代わりのつもりで武山に悪意はないのだろう。

「暇な部署でございます」

つい、自分で蔑《さげす》んでしまい茶を淹《い》れようと腰を浮かした。

「よい」

武山は制する。それが儀礼的な言葉ではないことは武山の柔らかだが有無を言わせない物言いでわかった。すぐに用件に入りたいに違いない。源之助は浮かした腰を落ち着け、武山に向き直った。

武山は軽くうなずくと、

「本日、暮れ六つ（午後六時）、上野の正栄寺《しょうえいじ》にまいれ。御奉行がお待ちである。そなたが訪ねて来たらわかるようにしておく。このこと、くれぐれも他言無用である」

決して居丈高《いたけだか》には聞こえないのは、その涼やかな風貌のせいだろう。

突然に、奉行直々《じきじき》の用向きとは何だ。奉行所の外に対面の場を設けるということ、わざわざ他言無用と念押しをしたことがその機密性を感じさせる。

よほどの用件に違いない。

「承知致しました」

用件を問うことなく了承した。奉行所に勤めて二十五年、奉行から直接役目を言い渡されたことなどない。罪人の捕縛により、感状を与えられたり、褒美を下賜されたりした際に声をかけられたことは度々だが、役目は常に与力を通じて伝達されてきた。それが奉行所の秩序というものだ。その秩序を乱してまで自分に用があるとは。

嫌でも緊張が高まる。うなじに汗が滲んできた。

武山は腰を上げそのまま出て行こうとしたが、緊張の面持ちの源之助を多少なりとも安堵させようと思ったのか、

「そなたにとってよき話である」

そう一言だけ告げてから出て行った。

「ふ〜」

ため息が洩れた。

そなたにとってよき話とはどんなことであろう。そんなことを言われたら余計に疑念が深まり、戸惑いの気持ちも生じる。

「考えていても仕方ないな」

源之助は黙々と身支度を整えた。ふと雪駄《せった》を見る。今は何の変哲もない雪駄だが、この春までは鉛の板が仕込まれていた。捕物の際、一つでも多くの武器になるかと愛用していた。いざという時には雪駄を投げ武器代わりとしていたのだ。ところがこの酷暑、閑職の身には負担ばかりとなり普通の雪駄を履くようになった。

源之助は武山に指定された上野正栄寺にやって来た。夕焼け空に黒みがかかっているが中天は明るさが残り、東叡山寛永寺《とうえいざんかんえいじ》の威容が黒々とした陰影を浮かび上がらせている。西陽が眩しく額に庇《ひさし》を作り、山門を潜った。その時、寛永寺が打ち鳴らす暮れ六つの鐘の音《ね》が響き渡った。

源之助が境内を見渡したところで小坊主が足早にやって来た。

「蔵間さまでございますか」

源之助はうなずく。

「こちらでございます」

小坊主に案内されて本堂の裏手に回った。庭があり、手入れの行き届いた樹木が周囲を囲み風に枝が揺れている。その中に数奇屋《すきや》造りの建屋があった。茶室のようだ。小坊主は茶室に視線を向けそこに行くよう目で告げると、そのまま去って行った。源之助は茶室に向かった。近づくと、障子が開け放たれている。

建屋の中には男が二人。

一人は武山、もう一人は奉行永田正道である。源之助は縁側の傍《そば》で片膝をつき、頭を垂れた。永田が武山を促した。武山は縁側に出て来て、

「ここは奉行所ではない。御奉行はあくまでお忍びである。苦しゅうない。上がるがよい」

「承知致しました」

源之助は単衣《ひとえ》の膝に付着した泥を払い大刀を鞘ごと抜いて右手に持ち縁側に上がると部屋に入った。中は書院造りである。

十畳の広さで床の間があり、違い棚が設けられている。茶釜があるが、湯は茹だっていなかった。

「両御組姓名掛、蔵間源之助でございます。お召しによりまして参上仕《つかまつ》りました」

源之助は大刀を右に置き永田に向かって両手をついた。

「急な呼び出し、迷惑ではなかったか」

永田は初老、髪に白いものが目立っているが、肌艶はよく声音《こわね》もいたって明瞭だ。

「御奉行もご存じと思いますが、なにせ、暇な部署でございますので、まいるに何の支障もございません」

源之助はいかつい顔に自嘲気味な笑みを浮かべながら言上《ごんじょう》した。

「まこと、おまえのような男が埋もれておるとは奉行所の損失じゃな」

「勿体《もったい》ないお言葉でございます」

「さぞや、暇を持て余しておろう」

「当初はそうでした。昨年の春、役目上の失態により、定町廻《じょうまちまわ》りから今の部署にお慈悲により移りました。永年忙しく駆けずり回った日々でございましたので、いささか暇を持て余しました。何をしてよいかわからず困惑しておりました。趣味を見つけようと三味線を始めたりしましたものの長続きしませんでした。それが、今ではこの役目にも慣れ、日々の暮らしを楽しむことを覚えました」

「わしは町奉行になって二月《ふたつき》、ようやく町奉行の役目、奉行所内の諸々《もろもろ》のことも把握できた。してみると……」

永田はここで言葉を区切り武山に視線を預けた。武山が永田の言葉を引き取り、

「奉行所に限らず役所と申すもの、適材適所でなくてはならん。御奉行はその観点から奉行所内の人材配置をご覧になられた。その際、目に止められたのが蔵間源之助。昨年の春までは筆頭同心として定町廻りを指揮し、数々の手柄を立てた。そんな敏腕同心が両御組姓名掛などという閑職に回されておることをいたく気になさった。原因も調べた。まこと不運であったな」

武山は目元を緩めた。

「いえ、わたしの焦《あせ》りが招いた失態であると思います。同心として奉行所に留まることを許されたのですから、むしろ運が良かったと申せます」

永田が手を打ち、

「物は考えようと申すもの。何事もおまえのように前向きに物事を捉えなければならぬな」

この言葉は耳に痛い。今言ったことは自分ながら歯が浮くような優等生発言である。その本音といえば、今でも定町廻りに未練が残っている。かつての部下たちが生き生きと役目を遂行している姿を見ると、時に血が騒いだり、羨《うらや》んだりしているのだ。閑

職に回って暇を持て余した分、日々の暮らしには彩《いろど》りが添えられるようになった。だから、腐ったり、不満はない。だが、物足りなさというものはどうしようもない。そんな源之助の心中を探ることなく、

「わしはこの四月、勘定奉行から町奉行になった。勘定奉行を務めわずか一年足らずであった。むろん、この人事に不満はない。不満がないどころか、光栄である」

それは本音に違いない。

町奉行と勘定奉行は共に役高三千石、旗本が就《つ》ける役方の役職としては最高職である。役高は一緒で共に江戸城内の控え部屋は芙蓉《ふよう》の間《ま》であるが、町奉行が上席に座る。役料は町奉行が二千両、勘定奉行が五百両と差があり、昇進の過程も町奉行は勘定奉行を経て就任するのが慣例だ。

よって、永田は順調な出世の階段を歩んでいると言える。人事に不満があろうはずはない。

「不満はないものの、わしは解《げ》せん。いや、はっきり申そう。不満なのじゃ」

永田は口調こそ穏やかなものの目は怒りに燃えていた。

二

源之助は永田の意外な告白に戸惑うばかりだ。ちらりと武山を見ると、武山は表情を消して正面を向いている。永田は構わず、

「むろん、町奉行にまで登り詰めたということには御公儀に感謝もし、己が強運を感じもする。じゃがな、勘定奉行から町奉行への異動、あまりに突然であった」

「それは、御奉行がそれだけの才覚をお持ちだからではございませんか」

源之助の言葉を永田は聞き流し、

「その異動の背後に不穏なものを感ずる」

と、視線を鋭くした。

永田の一言は空気を重くした。夕風は涼やかだが、源之助の背中に汗ばんだ長襦袢《ながじばん》がべったりと貼りついた。

口を閉ざして永田の言葉を待った。

「町奉行への異動は両替屋摂津屋《せっつや》を内偵しようとした矢先だった」

ここで武山が、

「大坂に本店を持つ両替屋である。江戸の出店《でだな》には主人徳兵衛《とくべえ》が自ら出張って商いに励んでおる」

源之助は武山に視線を向け、

「新両替町一丁目に店を構える老舗《しにせ》の両替屋。確か、創業は元禄《げんろく》元年（一六八八年）でございましたか。確か先月盗人に入られましたが用心棒に斬られ被害はございませんでした」

源之助の答えに満足そうに永田はうなずいてから、

「その摂津屋のことをわしは調べようと思った。表立っては不正を働いておるわけではない。ただ、何か不穏なもの、隠し立てをしておるような気がしてな。勘定所の役人からそのようなことを耳にしたため、内偵をしようと思い立った。ところが、その矢先だ。突如、町奉行への異動が決まった」

「畏れながら偶々《たまたま》なのではございませんか」

「いや、そうではない。あまりに突然じゃった。通常は異動は一月前には内示されるもの。それが、町奉行への異動を伝えられたのは三日前という慌《あわただ》しさじゃ。ろくに引継ぎもできなかった」

「御奉行の人事、摂津屋内偵以外に原因は考えられませんか」

「心当たりはない。格別なる働きがあったことでもしくじりをやらかしたことでもない。勘定奉行になって一年、そろそろ己が力量を発揮しようと企てたのが摂津屋の内偵じゃった。よって、わしは摂津屋が原因と考えておる。そこでだ、蔵間、摂津屋について探索をしてくれぬか」

「摂津屋の何を探れと申されるのでございますか」

「摂津屋は幕閣のどなたかと結びつき、莫大な利を得んと陰謀を巡らしておる。その陰謀がどのようなものかを明らかにして欲しい。いや、そなたに頼むからには包み隠さず申そう。幕閣のどなたかとは御老中上村《うえむら》肥前守《ひぜんのかみ》盛次《もりつぐ》さまじゃ」

永田の口調は上村盛次の名が出たところで悔しさが滲んだ。おそらく、自分の人事異動は上村によって成されたと思っているのだろう。

武山が、

「御奉行は蔵間ならばこの役目、いや、蔵間以外には絶対にできぬ役目とそなたのことを買っておられる」

「過分なる思《おぼ》し召しと存じます」

「この役目、是が非とも引き受けてもらいたい。むろん、役目成就の暁には御奉行から褒美がある。報奨金に加えて昇進である」

武山が言った、そなたにとってよい話とはこのことであったのだろう。奉行の内命を遂行すれば昇進させてやるというのだ。また、筆頭同心に戻してくれるということか。

そう思っていると、

「与力にしてやろう」

永田の言葉は源之助の予想を遥かに超えていた。

「与力……」

言葉が上ずる。

ごく稀《まれ》に同心から与力に昇進する者はいる。だが、それは例外と言えるほどの人事だ。かつては筆頭同心の地位にあったとはいえ、今は居眠り番と揶揄《やゆ》される役目にある者が与力とは。驚きであり、永田の摂津屋内偵に対する執念が感じられる。

「そうじゃ。与力じゃ。おまえほどの者ならば、与力になってもおかしくはない。また、その人事に不満を申し立てる者もおるまい」

永田は笑みを送ってきた。

「どうだ。励みになろう」

武山も頬を綻《ほころ》ばせ言い添えた。

「あまりのことにいささか戸惑っております」

源之助は額に汗を滲ませた。

「他ならぬ御奉行が約束されておられるのだ。決して空手形《からてがた》ではないぞ」

「むろん、御奉行のお言葉を疑うものではございません」

「うむ」

永田も鷹揚《おうよう》にうなずく。

武山が頰を引き締め、

「引き受けるであろうな」

源之助としては断ることはできない。出世欲というのではなく、いくら奉行所の役目ではないとはいえ奉行直々の命令なのだ。

源之助は承知しようとすると永田が、

「そなた、倅《せがれ》が見習いをしておるな」

「御意《ぎょい》にございます」

「おまえに似て役目熱心であるとか」

永田は武山を見る。武山が、

「名は源太郎《げんたろう》。昨年の冬、捕縛した女すりを逃がすという失態をしでかしたが、その後、それを補ってあまりある活躍をしておる」

どうやら武山は源之助と息子源太郎のことを調べ尽くしているようだ。このことからも何が何でも源之助に摂津屋内偵を承諾させようという意志が感じられる。

永田が、

「おまえが与力となれば、倅は与力の職務を引き継ぐことになる」

「いえ、それは」

「不満か」

「不満ではございません。ただ、倅はあくまで己が精進《しょうじん》により、見習いの身を脱するべきと存じます」

「よくぞ申した。さすがは蔵間じゃ。その通りである。益々、気に入った。この役目しかと頼むぞ」

永田は源之助がどう答えようと己が内命を遂行させようと決めているようだ。こうまで言われては拒絶はできない。

「承《うけたまわ》りましてございます」

永田は破顔をし、

「よくぞ申した。役目を受けてくれたところで、この後は」

永田が言葉を止めたところで武山が、

「この後はわたしに報告せよ」

「わかりました」

「くれぐれも申しておくが、この役目は内密だ。奉行所内で誰にも洩らしてはならん。よいな」

武山は語尾を強めた。それはそうだ。ひょっとしたら、現職の老中の罪を暴くことになるのだ。

源之助は深く頭《こうべ》を垂れた。

源之助は家路についた。

永田からは食事を誘われたが、それは丁重に断った。酒は得意ではないし、少しでも早く永田と武山から離れたかった。二人を嫌悪しているわけではない。あまりに急でしかも困難な役目、そしてその見返りとしての予想以上の褒美を聞かされて、一人になって頭の中を整理したかったのだ。

夜風に吹かれながら家に帰る途中、一人になってみると整理どころか、かえって、戸惑いが深くなった。

摂津屋を調べよと言われても漠然としている。もし、調べた結果、摂津屋には何の落ち度もないということが判明したら、永田はその結果に満足するだろうか。永田は摂津屋のことを深く疑っている。摂津屋が悪行を行っているという結論を持って行かなければ、承知しないのではないか。

満足しなければ、褒美などもらえない。別段、与力への昇進を熱望しているわけではないが、気が重くなる役目であることに変わりはない。八丁堀の組屋敷に着いた時には夜の帳《とばり》が降りていた。

格子戸を開けると女房の久恵《ひさえ》がやって来て三つ指をつき、

「お疲れさまでございます」

と、丁寧に挨拶をした。

「ただ今、戻った」

両御組姓名掛という閑職になってからも変わらず献身的な世話をしてくれる貞淑な妻である。今晩も普段と違って帰りが遅くなったにもかかわらず、わけを聞こうともしない。家を一歩外に出たなら役目に尽くすべきという考えでやってきたし、久恵もそのことに疑問を差し挟んだことはない。

源之助は大刀を鞘ごと抜き久恵に渡した。久恵は両手で受け取ると斜め後ろに下がって源之助について来る。ふと、久恵ならば、与力の妻が務まるであろうという考えが頭を過《よ》ぎった。

――いかん――

獲らぬ狸の皮算用。浮かれてはならない。居間に入ったところで、

「すぐにお食事を用意します」

久恵が出て行くのを目で追い、夜風を取り入れようと襟元をはだけ団扇《うちわ》で煽《あお》った。襟は汗が滲み、背中に貼りついた長襦袢が鬱陶しい。

すぐに久恵が食膳を運んで来た。

「源太郎はどうした」

「今日は宿直《とのい》とのことでございます」

「そうか」

それ以上は聞かず、膳に向かった。蕪《かぶ》の味噌汁にうどの酢味噌和《あ》え、大根の味噌漬けに高野豆腐《こうやどうふ》が添えてあった。

味噌汁を飲むと、空腹が実感できた。奉行を目の前に予想外の話をしたとあっては大いに緊張し、胃も縮こまっていた。それが、解放されたことで腹の虫も泣き始めたのだ。

高野豆腐を口に入れる。冷たさが舌に伝わり、噛み締めるとじわっと甘い汁が流れた。白い飯に合って食が進む。大根の味噌漬けの辛みが高野豆腐の甘みを引き立ててもいた。

お替りを食べ、満足すると素早く久恵は茶を淹れた。ふと、

「暮らしに困ってはいないか」

と、口に出してから後悔した。久恵が困っているなどと不満を言うはずはない。案の定、戸惑ったように目をしばたたいてから、

「旦那さまのお陰で平穏に暮らせております」

「そうか」

それきり源之助は口をつぐんだ。まかり間違っても与力昇進の話などしてはならない。久恵はそれを聞いたところで、他人に話すような軽い女ではないとは思っているが、自分が怖い。妻に話せばつい他の者へ話をしてしまうような気がする。

――浮かれてはならん――

そう自分に言い聞かせ、

「湯へ行ってまいる」

と、立ち上がった。

三

明くる二日、源之助は一旦出仕してから昼過ぎに奉行所を出て新両替町にある摂津屋にやって来た。北町奉行所のある呉服橋御門内からは程近く現在の銀座に位置する。入道雲が横たわる青空から怒っているかのように強い日差しが降り注がれ、まさにうだるような暑さである。何も昼過ぎという日盛りにやって来ることはなかったと後悔したが、何もしないではいられない。

新両替町はその名が示すように両替屋が軒を連ねている。いずれも、金貨、銀貨の両替を行う本両替商である。これに対し銭などを扱うのは脇両替と呼ばれ、門前町などに多く見受けられた。

その中にあって摂津屋は、老舗として知られている。その屋号が示すように大坂が発祥、当初は上方《かみがた》から西国の大名の取引先が多かったが、ここ五十年ほどで江戸から東国の大名との取引も行われている。

源之助は店先《たなさき》に立った。涼を取るため暖簾《のれん》が捲《まく》り上げられ、店の中を見通すことができる。土間を隔て小上がりになった板敷きには町人の姿はなく何人かの武士たちがいる。

帳場机の前に座り手代とやり取りをしていた。算盤《そろばん》を弾く音が響き、秤《はかり》で銀を計って
活気に満ちた店先に立っていると一人の武士が手代相手に、

「すまん、この通りだ。融通してくれ」

と、一際大きな声で頭を下げていた。武士が町人に頭を下げるなど武士の沽券《こけん》に関わるのだが、背に腹は代えられないということか。

武士は右手を差し出した。陽光を受けて鈍い輝きを放っているのは南鐐二朱銀《なんりょうにしゅぎん》である。明和《めいわ》九年（一七七二年）、時の老中田沼意次《たぬまおきつぐ》が鋳造させた銀貨である。銀貨ながら金二朱の価値があった。上方の銀を金貨に統一させようと意図して発行されたものである。元来、銀は秤売りが基本である。そのため、一々秤を使わねばならず、流通には不便がある。ところが、南鐐二朱銀はそのような手間はない。南鐐とは純粋という意味である。つまり、幕府が一々計らずとも金二朱の値打ちがあるぞと保証している。

武士はその南鐐二朱銀を巾着《きんちゃく》から帳場机にじゃらじゃらと置いた。手代は素早くそれを勘定する。手代は二度勘定をし、

「全部で三十二枚ございます。金目にしまして四両でございますね。この内から両替

の手数両を頂きますので」

と、算盤を弾いていたが、

「いや、これで、もう二両お貸し願いたい」

武士は言った。

手代は算盤から顔を上げ武士の顔をまじまじと眺め、

「お貸しするには畏れながら担保が必要でございます」

「それが……」

武士は頭を垂れた。

「いかがなさいましたか」

手代の物言いは意地悪に思える。武士の切迫した様子を見れば担保などないことは一目瞭然だ。

「ない、だが、必ず返す。拙者、摂津国池田藩の山田五郎左衛門《やまだごろうざえもん》と申す。藩邸に問い合わせてもらえば、素性ははっきりとする」

山田はせめてもの担保のつもりなのだろう。己が印籠《いんろう》を差し出した。

「申し遅れました。手前は摂津屋の手代で峰次郎《みねじろう》と申します。山田さま、せっかくのお申し出でございますので、あと二分はご融通できます。それと、手数料は今回は差し引かず、二分の借財と一緒に後日にご返済ということでいかがでございましょう」

峰次郎の算盤を弾く音がぞっとするほど無情に聞こえる。

「それでは、四両と二分、では、もう二分、すなわち、丁度《ちょうど》五両にしてはくれぬか」

山田は頭を下げた。

「できません」

峰次郎はにべもない。

「いや……。峰次郎殿、無理を承知で頼んでおる。どうしても五両が必要なのだ。国許の妻が病でな、朝鮮人参を買って送ってやりたい」

山田は額に汗を滲ませた。

「奥さまのご病気は大変と存じますが、手前どもと致しましては、二分が精一杯でございます」

「そこをなんとか。こうして頭を下げておるのだ」

山田はもう一度頭を下げた。

「お武家さまが商人相手に頭などお下げになりますな。山田さまがどうおっしゃいましょうと二分が精一杯なのでございます。どうしてもご不満と申されるのでしたら、他の両替屋を頼られてはいかがでしょう」

を感じさせた。

峰次郎は慇懃無礼《いんぎんぶれい》とも言える馬鹿丁寧な態度で答えた。それが却《かえ》って応対の冷たさを感じさせた。

源之助は見ていて寒々とした気持ちになった。山田はしばらく面《おもて》を伏せていたが、

「おのれ、武士を愚弄《ぐろう》するか」

と、面を上げた。怒りと屈辱で身を震わせ脇に置いた大刀を摑んだ。

放ってはおけない、と源之助は暖簾を潜ろうとした。峰次郎は慌てることなくすっくと立ち上がった。この男、よほど肝《きも》が座っているのか、それともこうしたことには慣れているのか。

と、思ったら峰次郎は帳場机に置いてあった呼び鈴を鳴らした。その場違いに涼しげな音色に山田は一瞬たじろいだ。

通り土間の奥の暖簾が捲り上げられた。そこから、大柄な浪人風の男がぬっと姿を現した。浪人は板敷きに上がりつかつかと歩み寄って来たと思うと山田を睨み、

「店で騒ぐとは武士の風上にも置けんな」

その堂々たる物言いに山田は呑まれたように口をつぐんでいたが、

「な、何を」

と、刀を抜こうと柄《つか》に右手を置いた、と、次の瞬間には浪人は右手を伸ばし、山田

の右腕を摑むと、

「こんな所で抜いたとあっては無事ではすまぬぞ。貴殿どころか御家の名にも傷がつくというもの」

「おのれ、離せ」

山田はうめく。

「離してやるとも」

浪人は山田の腕をそのまま持ち、山田を引きずって板敷きを降りさらには表に飛び出した。そして、足を払う。山田は無様《ぶざま》に往来に転がった。土埃《つちぼこり》が舞い、山田は目をそむけながら悔しそうに土を摑んで投げた。

浪人は大刀を鞘ごと抜いて頭上に掲げた。鞘で山田を打ち据えるようだ。

浪人の大刀が振り下ろされる。

源之助は飛び出し十手を突き出した。間一髪、浪人の大刀の鞘は山田の頭上すれすれで十手によって食い止められた。浪人は目を剝く。

「これ以上の乱暴は許さん」

源之助は鋭い眼光を浴びせる。浪人は薄気味の悪い笑みを浮かべ大刀を帯に差した。

と、そこへ、

「何ですか。騒がしいですよ」

細面《ほそおもて》の白い肌をした男が奥から出て来た。上等の紬《つむぎ》の着物に絽の夏羽織を重ねており、いかにも女に持てそうである。浪人は男の方に注意を向けた。峰次郎が、

「これは旦那さま」

と、山田に対するのとは別人のように応対した。摂津屋の主徳兵衛なのだろう。源之助は俄然好奇心が湧いた。

峰次郎は黙っていたが、

「どうしたと聞いておるのや」

言葉に上方訛《なま》りが混じった。峰次郎はかいつまんで山田とのやり取りを話した。徳兵衛は浪人に向かって、

「井上《いのうえ》先生、すぐに山田さまをお連れしてください」

その言葉遣いは丁寧ながら有無を言わさない強烈な意志が感じられる。井上は即座に袴の汚れを払っていた山田に向かって、

「お戻りくだされ。主殿《あるじ》がお呼びだ」

と、ぶっきらぼうに告げた。山田はそれでも屈辱を感じているのか動こうとはしない。すると徳兵衛が顔を出し、

「山田さま、どうぞお入りください」

その物腰の柔らかさはいかにも大坂の商人を思わせた。山田の険しい表情も和《なご》んでいくのが見て取れた。山田は徳兵衛に導かれ店に戻った。店に入る際、源之助に向かって一礼した。目で感謝の意を伝えていた。

徳兵衛はここで仕切り直しとばかりに山田の前で正座をし両手をついた。

「ようこそおいでくださいました。手前、摂津屋の主徳兵衛と申します。手代の峰次郎と用心棒の井上清十郎《せいじゅうろう》がとんだご無礼を働きましたこと、この通りお詫び申し上げます」

徳兵衛は改めて深々と頭を垂れる。

「いや、そんな、主殿、わたしもいささか無理なお願いをしたのだ」

山田はすっかり恐縮の体《てい》である。

「聞けば、二両をご用立てせよとのことでございますね」

「そうなのだ。妻のために朝鮮人参を買ってやりたくて」

「それは、それは、山田さまはまことお優しいお心をお持ちでございます。わたくしは山田さまの奥さまを思う心根《こころね》に打たれました」

徳兵衛は峰次郎を振り返り耳打ちをした。山田は期待を表情に浮かべている。峰次郎は帳場机の手文庫を探っていたが、やがて、二分金の束を持って来た。

徳兵衛はそれを丁寧な所作で山田の前に置いた。

「どうぞ、お検《あらた》めください」

山田は二分金を数え始めた。それから、おやっとして、

「全部で十四枚、七両ございますぞ」

「どうぞ」

「では、三両をお貸しいただけるのでござるか」

「いかにも」

「いくらなんでもそれは」

「かまいませぬ。困った時はお互いでございます。ましてやお金を融通するのが手前どもの商いでございます」

徳兵衛は温和な笑みを浮かべた。

「では、遠慮なく」

山田は押し頂くようにしてそれを受け取った。

四

店の他の客たちも知らぬ顔をしているが、一部始終を見ていたことは明らかだ。それが証拠にみな、徳兵衛を見る目に尊敬の念が見て取れる。

徳兵衛はより一層の丁寧な物腰で、

「これに懲《こ》りず、山田さま、どうぞ、うちをお使いください」

山田が感謝しないはずはない。

「徳兵衛殿、この恩は終生忘れるものではござらん」

いささか大袈裟な言葉を口に出し山田は両手をついた。

その姿は先ほど、峰次郎に対して行った卑屈なものではなく、摂津屋徳兵衛という分限者《ぶげんしゃ》に対する感謝と尊敬の念に彩られていた。見ていてすがすがしいものだった。

何時《いつ》の間にか往来には人が集まって来ている。なんとなく、彼らの話に耳を傾けると、

「さすがは摂津屋の旦那だ」

とか、

「本当に慈悲深い旦那さまだよ」

などと賞賛の嵐である。

山田は何度も礼を言いながら表に出た。その表情はこの酷暑をものともしない爽やかなものだった。

山田が去ってからも人々の徳兵衛を誉める言葉は絶えない。源之助はふとその一人を捕まえて、

「摂津屋徳兵衛とはそんなにもよい人柄なのか」

聞かれた男はそう問われたこと自体が心外だとばかりに、

「そらもう、仏さまのようなお方ですよ」

「近頃、珍しい男だな。まさしく、その名の通り徳兵衛だ」

八丁堀同心らしきなりをした源之助が徳兵衛を誉めたことで男は気を良くしたかのようににんまりとなった。

「ところで、摂津屋が持っている長屋があるだろう」

「はいございますよ」

「どこにあるんだ」

「この先の横丁に入ったところですよ」

男は親切に教えてくれた。

「すまんな」

源之助は横丁に向かった。横丁を右に折れるとすぐに長屋があった。日当たりがよく裏長屋のような裏ぶれた様子はなく清潔に保たれている。

なんだか賑やかな声が聞こえる。

路地を入って行くと井戸替えの真っ最中だった。井戸屋の指図の下、長屋が総出で井戸替えを行っている。男たちは褌《ふんどし》一丁の裸体で井戸の底をさらっていた。みな、どこか晴れ晴れとしている。そこへ摂津屋のお仕着せを着た男がやって来て、

「みなさん、ご苦労さん。井戸替えが終わったら、やってくんな」

と、酒を届けた。

男たちの顔が輝く。

「それから、これを」

と、大八車から西瓜《すいか》を下ろした。井戸替えを終えたら冷やして食べると美味《うま》そうだ。

長屋の連中は浮き立った。その中に初老の男がいる。みんなから大家さんと呼ばれている。源之助は何気なく近づき、

「精が出るな」

り、と、気さくに声をかけた。大家は八丁堀同心の格好をした源之助に丁寧な挨拶を送

「八丁堀の旦那ですか」

「北町の蔵間と申す。なに、ちょっと通りかかったら井戸替えをやっておったのでな。つい、見物をしてしまったのだ」

大家は万蔵《まんぞう》と名乗り、

「みんな、嫌な顔をせずやってくれますんで早く片付きますよ」

「ここは、両替商の摂津屋の長屋のようだな」

「さようでございます」

「摂津屋から差し入れが届いておったようだが」

「摂津屋の旦那さまはまことに情け深いお方でございまして、それはもう親切にしてくださるんです。店子《たなこ》の店賃《たなちん》が滞《とどこお》っても嫌な顔一つなさいませんからね」

「できた男なのだな」

「まったくでございます」

万蔵は満面に笑みを浮かべた。

「主は徳兵衛。商いにおいても情けをかけていると聞くが」

「それはもう仏さまのようなお方とご評判ですよ」

「なるほどな」

　ここには、摂津屋徳兵衛の不正を表すようなものはない。それどころか、見上げた男である。

　だが、人の顔には表と裏があってもおかしくはない。善人、仏のようだと言われた人間が実はとんでもない悪党であることは珍しくはない。探索初日から不正が明らかなようでは幕府の認可を受けた両替商ではない。

「邪魔したな」

　出直しだ。奉行所からはそれほど遠くはない。しばらく、注視していることとしよう。

　源之助は神田三河町《みかわちょう》に足を向けることにした。そこに、かつて源之助が定町廻りをしていた時に手先として使っていた岡っ引の京次《きょうじ》が住んでいる。京次がいるかどうかはわからないが、立ち寄って茶の一杯も飲んでいこうと思った。

　家に近づくと三味線の音が聞こえる。京次の女房お峰《みね》が常磐津《ときわず》の稽古所を営んでいるのだ。家は骨董屋蓬萊屋久六《ほうらいやきゅうろく》が持ち物となった横丁に面した三軒長屋の真ん中である。

「邪魔するぞ」

格子戸をがらがらと開けた。

三味線の音が止み、

「旦那、いらっしゃいまし」

お峰の声だ。お峰は奥に向かって京次を呼ぶ。源之助は部屋に上がり、京次と対した。やさ男然とした男前である。以前、中村座で役者修業をしていたこともあり、「歌舞伎の京次」の異名を取っている。性質《たち》の悪い客と喧嘩沙汰を起こし、役者をやめたのが十一年前。源之助が取り調べに当たった。口達者で人当たりがよく、肝《きも》も座っている京次を気に入り岡っ引修業をさせ、手札を与えたのが六年前だ。

京次はあくびを嚙み殺し、いかにも寝起きといった様子だ。

「どうした、寝ていたのか」

「すみません。昼寝をちょっと」

京次が頭をかくと、

「この人ったら、このところ寝てばっかりなんですよ。一日中、ごろごろと邪魔でしょうがないんだから」

お峰は言った。

「なんでえ、一日中家を空けてりゃ何処《どこ》をほっつき歩いていたんだってうるせえし、家にいたらいたらで邪魔者扱いか」

京次は白絣の単衣の右腕を捲ってぼりぼりと掻いた。

「ほどほどにって言っているんだよ」

「だから、ほどほどってのがな」

夫婦喧嘩が始まりかけた。

「おい、その辺にしておけ。ただでさえ暑くて仕方ないのだ」

京次は顔をしかめ、

「何か冷たいものでも持って来いよ」

それにはお峰も逆らわず奥に向かった。

「こう暑くちゃ、外に出る気もしませんや。格別な事件もありませんしね」

「やはり、忙しく聞き込みをやっている方がいいか」

「平穏がいいに決まっていますがね」

「それはそうだ」

「蔵間さまも近頃では平穏な暮らしぶりに慣れておられるでしょ」

「まあな」

源之助は何気なく言ったつもりだが、

「おや、なんだか、ご不満そうですね」

京次は目ざとく源之助の心の揺れ動きを見つけたようだ。

「そんなことはない」

「そうですかね、やはり、忙しく町廻りや悪党どもを追っていることの方がいいのじゃございませんか」

「そうでもないが」

曖昧《あいまい》に口ごもったところでお峰が豆腐の菓子を持って来た。豆腐を寒天でくるみ冷やした玲瓏豆腐《こおりどうふ》と呼ばれる菓子だ。

「これは、涼しそうだな」

源之助は破顔をした。

「黒蜜をかけて食べると、さっぱりと美味《うま》いですぜ」

京次は黒蜜の入った碗を差し出した。

源之助は言われた通りにしてみた。乾いた口の中に冷んやりとして柔らかな舌触り、それに黒蜜が絶妙にからみ合い、えもいわれぬ美味さだ。

「美味い」

思わずそう呟いた。

一時、暑さを忘れた。

これだけで幸福を感じる。

自分の単純さに呆れたが、案外と人の幸せはこんなところにあるのかもしれないと思う。日々、平穏に暮らし、たまに美味い物を食べる。

源之助は玲瓏豆腐を残らず食べた。

第二章　母を訪ねて

一

源之助が奉行直々の影御用に動いた六月二日の朝、息子の蔵間源太郎は宿直を終え屋敷に戻ろうと楓川に架かる越中橋の袂《たもと》に差し掛かった。橋を渡ると越中橋の名の由来である伊勢桑名藩松平越中守の上屋敷が広がっている。夜勤明けの眠気が襲ってきて、ついあくびが洩れてしまう。うっかりすると、棒手振《ぼてふ》りの魚売りや納豆売りとぶつかりそうだ。

両頬に平手を打ち目を凝らすと、橋の袂に一人の少年がうずくまっていた。みすぼらしい着物を着て、裸足、髪はぼさぼさ、顔も土埃にまみれていた。物乞いの子供かと思ったが、それだからといって放ってもおけない。

源太郎は子供の前に屈《かが》み、

「ぼうず、どうした」

子供は源太郎を見上げ、

「腹減った」

と、呟いた。

「おとっつあんとおっかさんはどうしたんだ」

「おっとうは岩野村《いわのむら》だ」

「その村は何処《どこ》にあるんだ」

「じょうしゅう」

子供は舌足らずな言葉で答えた。

「じょうしゅう……。上野国《こうづけのくに》の上州か」

源太郎は驚き子供の頭を撫でた。子供は垢《あか》と埃にまみれた顔でもう一度、

「お腹減った」

と、今度は腹を押さえた。言葉足らずでよくわからないが、子供の言うことを真《ま》に受ければ上野国から一人江戸まで旅をして来たことになる。だとしたら、子供とはいえ、それなりの理由があるのだろう。詳しい事情を知った上で親元に帰してやらねば

ならない。

「よし、一緒に来い。何か食わせてやろう」

「ほんと」

汚れた顔の中で澄んだ瞳がくりくりと動いた。それが、なんとも愛らしい。

「立てるか」

「うん」

子供は返事をしたもののべったりと座り込んだままだ。

「腹が減って立てないか」

子供は首を縦に振った。源太郎は背中を向け、

「おぶってやる」

子供は身体を預けてきた。その軽々とした身体は空腹のためではなく子供の幼さを物語っている。源太郎は越中橋を渡る。

「わたしは、北町奉行所の見習い同心で蔵間源太郎と申す。おまえ、名は何だ。それと、歳はいくつになる」

「三吉《さんきち》というだ。七つだ」

「三吉か、三吉はどうして江戸にやって来たんだ」

「…………」

　返事がない。

　どうしたと問いを重ねようと思ったところで背中が重くなった。次いで、寝息が聞こえてくる。どうやら、眠りこけてしまったようだ。

　子供の話を信じるなら上野から江戸までやって来たのだ。距離にしておおよそ百里、大の男でも三日の行程である。おまけにこの炎天下だ。腹をすかせ、相当に過酷な旅であっただろう。

　江戸に入り、越中橋に至ったところで力尽き、そこへ源太郎が現れて飯を食わせてくれると言う。おぶわれている内に安堵したとしても不思議ではない。疲れと安堵が一気に押し寄せ眠りこけてしまったのだろう。

　八丁堀の組屋敷に戻り、何か食べさせてやってから詳しい事情を聞いてやろう。

　源太郎は三吉をおぶって八丁堀の界隈《かいわい》を歩いた。既《すで》に奉行所の出仕の時刻は過ぎている。行き交う者は物売りばかりだ。幼い子供を背負う源太郎を咎《とが》める者はいない。

　組屋敷に戻ってから、

「ただ今、戻りました」

　と、格子戸を開ける。じきに久恵が出て来た。久恵は背中の三吉に目を止め、

ですか」

「わけは後でお願いします。すみませんが、三吉に、三吉というのがこの子の名前ですが、三吉に朝餉《あさげ》をお願いします。長旅をして来てずいぶんと腹を減らしておるようです」

「それはかまいませんが……」

「お願いします。それから、何か着物をご用意ください」

「わかりましたよ」

「すみません」

源太郎は三吉をおぶったまま庭に回ると井戸端で、

「三吉、起きるんだ」

と、背中を揺すった。

三吉が目を覚ますとそっと地べたに下ろす。そこへ久恵が盥《たらい》を持って来た。源太郎は井戸から水を汲み盥に開けた。それから三吉の着物を脱がせる。久恵がそれを受け取り、

「これは洗っておきます」

と、台所へと向かった。

「この中へ入れ。行水《ぎょうずい》だ」

三吉は素直に入った。水の冷たさに小さく悲鳴を洩《も》らしたが、じきに水の心地良さを感じたのだろう。目を細めてはしゃいだ声を出した。

「村を出たのはいつだ」

「先月の二十七日」

「すると、五日前か。ずいぶんと汚れているぞ」

源太郎は言いながらへちまで小さな背中をごしごしとこすった。首筋から垢が滲む。

「痛いか」

「痛くない」

「顔を洗え」

三吉は両手で顔を洗った。

「すぐに飯を食わせてやるからな」

源太郎は三吉の頭も洗ってやった。一通り洗い終え、

「水をかけるぞ、目を瞑《つむ》っておれ」

源太郎は釣瓶《つるべ》の水をゆっくりと三吉にかけた。

「さっぱりしただろ」

「うん」

三吉の声は明るくなっていた。

乾いた布切れで身体を拭いてやると、久恵が浴衣《ゆかた》と下帯《したおび》を持って来た。

「おまえの幼い頃の物です。取っておいて良かったですよ」

「すみません」

源太郎は三吉に身に着けさせた。埃まみれの顔だったが、きれいになってみると三吉は大きな目をした利発そうな面差しをしている。

「さあ、飯だ」

源太郎が言うと三吉は母屋に向かった。居間には朝餉が用意されていた。

「ゆっくりと食べなさい」

久恵の言葉に三吉はうなずいたものの、茶碗を手に取り白米を食べると夢中になってかき込んだ。

「あら、あら、もっと、よく噛んで」

久恵は言いながらも幼子が夢中で飯を食べている様子に目を細めた。あっと言う間に一膳を平らげると二杯目を食べ始める。いくら旺盛な食欲を見せたとはいえ子供である。そんなにも食べられるものではない。二杯目の半ばに至ったところで、箸の動きが鈍くなった。それでも、三吉なりに食べ残すことは失礼と思ったのだろう。米粒一つ残さず食べ終えた。

「もう、満足か」

源太郎が微笑むと三吉は両手を合わせ、

「ご馳走さまでした」

久恵はにっこり微笑むと茶を淹れた。

「三吉、村でおとっつあんとおっかさんが心配しているぞ」

「おっかあは、村にはいねえ」

「江戸に来ているのか」

「うん」

「おまえ、おっかさんを訪ねて来たのか」

三吉は首を縦に振った。

「おとっつあんはそのことを知っているのか」

今度は三吉は首を横に振った。

「黙って出て来たんだな。今頃、心配しているぞ」

三吉は黙り込んだ。

「おっとうにはわたしから文《ふみ》をしたためよう。それと、おまえを無事に村まで帰すことができるよう取り計らう。まずは、おっかさんだが、わたしがおっかさんの所まで連れて行こう。どこにいるのだ」

「桐生《きりゅう》のお殿さまのお屋敷だ」

「桐生のお殿さまというと、上野国桐生藩藩主上村肥前守盛次さま、御老中上村さまのお屋敷なのか」

三吉は首を傾げた。おそらく、村ではお殿さまとしか呼んでいないのだろう。七つの子供では殿さまの正式名称も役職も知らないのは無理もない。

上村肥前守は桐生藩五万五千石の藩主。譜代の出で奏者番《そうじゃばん》を経て寺社奉行を経験し、大坂城代を務めた後、今年の正月に老中となった。歳は三十三歳。切れ者と評判だ。

「おっかさんは上村さまの藩邸に女中奉公に出ておるのか」

「そうだ」

「おまえの家は上村さまの御領内で百姓をやっておるのだな」

「おっとうはお庄屋《しょうや》さんだ」

「庄屋の倅か」

源太郎は三吉の顔を見た。三吉は腹が膨れ眠気を催したのだろう。うつらうつらと船を漕ぎ始めた。

　久恵は、

「寝かしてあげましょう。そうです、あなたも宿直明けでしたね。少し休んだらどうです」

　そう言われて源太郎にも睡魔が襲ってきた。一休みしてもう少し三吉に話を聞き、今日は幸い非番だ、昼から上村藩邸を訪ねるとしよう。

二

　昼近くなり、源太郎が目を覚ますと居間の方から久恵と三吉の声がする。顔を出すと久恵は三吉に菓子をやっていた。大福餅だ。久恵は源太郎に気がつくと目で居間から外に出ることを促してきた。源太郎は久恵について仏間に入った。

　久恵は、

「詳しいことはわかりませんが、三吉の母親が江戸にやって来たのは二年前だそうです。庄屋たる父、茂吉《もきち》というそうですが、茂吉の所に殿さまの使いが来て、女房お道《みち》を江戸藩邸に奉公に出すように言われたようですよ。茂吉としては逆らえなかったのでしょう」

「ということは……」

源太郎の顔は曇った。それは久恵も同様で唇をきつく引き結んだ。

上村肥前守盛次は三吉の母親お道を見初《みそ》めたのではないか。それで、藩邸に奉公せよと命じた。決め付けにはできないが、領内の百姓の女房をわざわざ江戸藩邸に奉公させるとはそれ以外に考えられない。ということは、三吉には辛い現実が待っているのかもしれない。

「ともかく、上村さまの藩邸にまいります。どのみち、三吉を無事に帰してやらねばなりません。まずは、父親に三吉の無事を報せてやろうと思います。それには茂吉の住まいを知らねば。やはり、藩邸に行かねばなりません」

「あなたの意志で三吉を連れて来たのです。しっかりと対応しなさい」

「わかっております」

源太郎は居間に戻った。

「三吉、行くぞ」

「おっかあに会えるの」

三吉は笑顔を弾《はじ》けさせた。その無垢《むく》な顔を見ればこれから待ち構えているであろう、現実を伝えることは憚《はばか》られる。

「上村の殿さまのお屋敷へ行ってみよう。おっかさんがいるか確かめるのだ」

「うん」

三吉は喜んで立ち上がった。

源太郎は重苦しい気持ちを胸に仕舞い込み、満面の笑みで三吉の手を引いた。


幸い桐生藩上村家の上屋敷は八丁堀からは歩いて四半時（三十分）とかからない数寄屋橋御門内、すなわち南町奉行所のすぐ裏手に構えられていた。数寄屋橋に至る頃には江戸城の巨大な御堀や石垣が眼前に現れる。三吉は口を半開きにして驚きの眼を向けた。

「凄いな、お江戸は。将軍さまのお城、大きいな」

立ち止まって見上げる三吉の横を大勢の人間が行き交う。江戸の庶民にとってはいかに巨大な城であろうと日常見慣れた光景にすぎない。数寄屋橋を渡り奉行所が近づくにつれ行き交う人間が増えていく。

「手を離すな」

源太郎は人込みにまぎれ三吉が迷子にならないよう用心した。南町奉行所の前を通

りかかったところで、

「ここが、兄ちゃんのお役所？」

三吉はすっかり源太郎になついていた。源太郎も兄ちゃんと呼ばれて悪い気はしなかった。

「ここは南町奉行所だ。わたしが勤めているのは北町奉行所といってな、もっと、北にある。呉服橋御門という所だ」

「ふ〜ん」

「村にも役所があるだろう」

「お代官さまがおられる」

「そうか、もうすぐだぞ」

源太郎は三吉の手を引き、さらに奥へと向かった。南町奉行所の裏手には巨大な大名藩邸がある。豪壮な長屋門や築地塀《ついじべい》が軒を連ね、六尺棒を片手に持った番士がいかめしい顔で立っていた。表門から入るわけにはいかない。

源太郎は三吉を連れ桐生藩邸の裏門に回った。

そこにも番士が立っていた。炎昼に日陰がなく、容赦なく降り注ぐ日差しに番士も辛そうだ。それでも、源太郎と三吉を見ると身体をしゃきっとさせ無言の威圧を加えてきた。

「拙者、北町奉行所同心蔵間源太郎と申します。御領内の庄屋茂吉のことでお話をさせていただきたいのですが」

番士は北町奉行所の同心ということでそれなりの応対が必要と思ったのだろう。脇に控える三吉に怪訝な視線を向けながらも、

「しばし、お待ちくだされ」

と、潜り戸から身を入れた。

三吉は神妙な顔で黙っている。

やがて、初老の男が顔を出した。源太郎は素性を名乗った。男は、

「拙者、郡《こおり》奉行を務めておる横山《よこやま》小十郎《こじゅうろう》と申す。領内の庄屋についてお尋ねとのことだが」

幸いにも横山は国許《くにもと》から領内の様子を報告にやって来たということだ。

源太郎は声を潜め横山の耳元で、

「ここにおります、三吉は茂吉の息子。上村さまのお屋敷に奉公に上がりましたお道の息子であります」

横山は目をしばたたいた。それから、

「まあ、中に入られよ」

と、源太郎と三吉を潜り戸から屋敷内に入れた。

源太郎と一緒に藩邸内に入った三吉は邸内の豪壮さに呑まれたのか口をへの字にして身を硬くした。

横山は御殿脇にある使者の間に二人を導いた。それから温厚な笑顔を向け、

「岩野村の庄屋茂吉であるか。うむ、すぐに、早飛脚を立て三吉を引き取りに来るよう報せよう」

「かたじけない。わたしからも書状をしたためましたので」

源太郎は文《ふみ》を差し出した。

「承知した。合わせて送るとしよう」

「重ねて御礼申し上げます」

横山はここで複雑な表情を浮かべた。

「ところで、三吉の母、お道のことなのですが」

「うむ」

横山は曖昧に首を横に振る。

「こちらにはおられませんか」

「上屋敷にはおらん」

　横山の物言いは奥歯に物が挟まっている。

「三吉は子供ながら母親会いたさに遥々《はるばる》江戸まで食うものも食わずにやって来たのです。できましたら、一目だけでも会わせてやりたいのです」

「それがのう」

　横山は苦い顔をして、

「蔵間殿」

と、手招きをした。横山の困惑ぶりが何を意味するのかは予想できた。源太郎は横山と一緒に廊下に出た。横山は扇子で扇ぎながら、

「お道、いや、お道の方は殿のお手がついてな、今、下屋敷におられるのじゃ」

　やはりそうかという思いが胸をつく。

「そういうことですか」

「であるのでな、気の毒じゃが三吉を会わせるわけにはまいらん」

「言葉を交わすのではなく、遠くから一目でも見させてはいけませんか」

　横山は首を横に振る。

「何度も申しますように、この炎天下、上州から遥々やって来たのです」

「わしとて、情としては会わせてやりたい。しかし、殿の側室となったからには三吉の母親でも茂吉の女房でもない」

「それはわかりますが」

「ならん」

横山は強い口調になった。

「遠くから一目でもいいのです」

横山は困った顔になり、

「かりにそうなったとしてどうなるのだ。かえって、三吉に母親を思い出させ、別れ難くなるだけじゃ。そうなっては、かえって可哀相とは思わんか」

なるほど、そういうものかもしれない。確かに三吉の胸には母親の残像が深く刻まれ、それが離れ難い思いを抱かせもするだろう。現実問題、殿さまの側室になったのでは三吉の母親に戻ることはできない。

「おわかりいただけたかな」

「はい」

源太郎は小さい声で返事をした。

「ならば、岩野村から三吉を迎えに来るよう使いを出す。それまでは貴殿、お手数をかけるが三吉を預かってはくれぬか」

「承知しました」

源太郎とてこのまま三吉と別れるのは心に空洞が空いてしまうようだ。

「ならば、これは」

横山は心づけとばかりに紙に一分金を一枚包んだ。源太郎は断ろうと思ったが横山に着物の袂にねじ込まれた。

「では、これにて」

横山はさっさと歩き去った。

さて、どう説明するか。このままここにいても仕方がない。

「三吉」

襖を開けて努《つと》めて明るい顔を見せた。

「おっかあは下屋敷にいるんでしょ」

三吉は横山との会話をしっかりと聞いていた。

「そうだ」

ここははっきりと肯定した。

「じゃあ、下屋敷に行けば会えるんだね」

「そうだな」

源太郎の声はしぼんでゆく。

「行こうよ」

三吉は勢いよく立ち上がった。

「それがな、今日はおらんそうだ」

苦しい嘘がつい口から飛び出した。

「どうして」

「いや、その、殿さまのお供で出かけられておるのだ」

「ふ〜ん」

三吉は首を傾げた。

「ひとまず、家に帰ろう。美味いものでも食べてな」

と、不意に、

「そくしつさまなんでしょ」

三吉は源太郎を見上げた。

三

「ええ」

どきりとする源太郎に三吉はけろっとした顔で、

「村のみんなが言っていた。おっかあは殿さまの側室さまになったって」

既に三吉が母親の置かれた立場を知っていることにほっとするようなしないような。三吉のあっけらかんとした物言いは側室とは何かを知っているのかどうかはわからないが、幼子なりに心を痛めているのではないか。

「下屋敷に行きたい」

三吉は強い意志を示した。

「ともかく、ここから出よう」

源太郎は三吉の手を引き控えの間を出た。強い日差しと共に蟬時雨《しぐれ》が降り注いでくる。

「上村さまの下屋敷は雑司《ぞうし》ヶ谷《がや》村にあるんだがな」

源太郎は眩しげに空を見上げた。そう言われても三吉にはどこだかわからないだろう。

「また、たくさん歩かねばならんぞ」

「大丈夫だ」

三吉は力強く答えた。

その顔を見ると源太郎も迷いが吹っ切れた。二人は数寄屋橋を渡り、桐生藩下屋敷に向かって歩き始めた。日輪は地を焦がし、江戸の町全体が白っぽく光って見える。陽炎《かげろう》が立ち上って橋を渡る人々を揺らめかせていた。

時折、休みながら一時半《いっときはん》（三時間）ほどで下屋敷に着いた。周囲を田圃《たんぼ》や畑が巡り、その中に陸の孤島のように屋敷がある。広大な屋敷はどこから入っていいのかもわからないほどだ。

「大きな屋敷だな」

源太郎の言葉に三吉はうなずき、じっと屋敷の築地塀を見上げていた。

いざ、来てみたのはいいが、これからどうすればいいのかわからない。お道を訪ねて行っても容易に会えるはずはないのだ。かといって忍び込むわけにもいかない。

「兄ちゃん、どうするの」

三吉は源太郎の羽織の袖を引いた。

「そうだな」

源太郎はとにかく屋敷の周りをぐるりと回ることにした。陽は西に傾いているが夏の日は長い。屋敷の裏手は生垣が巡らされ、馬場や畑になっていた。畑では近在の百姓と思われる男たちが農作業に従事している。

生垣越しに源太郎は農民に声をかけた。

「精が出るな」

百姓は人の良さそうな顔を向けてきたものの、そこに八丁堀同心風の男と子供がいることに怪訝《けげん》な表情を浮かべた。

「こちらのお屋敷は上村肥前守さまの下屋敷だな」

「そんです」

農民はうなずく。

「奥方さまもおられるのか」

「いいや」

「では、ご側室さまか」

「そんです」

「なんと申されるのだ」

「お道の方さまと呼ばれてます」

ここにいると思って間違いない。三吉の視線が凝らされるのがわかった。三吉のはやる気持ちを落ち着かせるように肩を軽く叩いておいてから、

「これだけ大きなお屋敷だ。どちらにおられるのかわからんな。一目だけでも拝みたかったのだがな」

源太郎は冗談めかした物言いをした。

百姓は不信感を抱いたのか目元が引き締まった。

「上村さまと申さば御老中で当代一の切れ者とご評判のお方、そのご側室さまとなればさぞやお美しいお方であろう、一目でもそのご尊顔を拝せば良いことがあると思ったものでな」

源太郎はわざと下卑《げび》た笑みを浮かべた。

「そうかね」

農民は源太郎のざっくばらんな態度に好感を抱いたようだ。それから、

「わしらも、実は密かにそれが楽しみなんだ」

「お姿をお見せになるのか」

「お屋敷の中を勝手に歩き回るわけにはいかねえから、お屋敷におられるお姿をお見かけすることはねえが、毎日、この近くの鬼子母神《きしもじん》までお参りに行きなさる。その参詣のお姿を見かけることがあるだ」

農民は日に焼けた顔をくしゃくしゃにした。

「今日もお出かけになられるかな」

「いんや、今日はもう済まされただ」

「それは残念だな。いつも、何時頃《なんどき》行かれるのだ」

「そんだな、昼九つ半（午後一時）過ぎの頃合だな。この暑いのにご苦労なこった」

「すまんな。わたしも一度、ご尊顔を拝するとしよう」

源太郎は礼を言ってその場を去った。

「鬼子母神に行けば会えるの」

「そうだ。今日は会うことはできんな」

「明日、明日なら会えるでしょ」

「そうだな」

「明日、来る」

三吉は言葉にその意志を込めた。

「わかった。来るとしよう」

三吉の気持ちを踏みにじることはできずそう返事をしたものの、明日は奉行所に出仕せねばならない。安易に引き受けてしまった自分の無責任さを悔《く》いた。

しかし、ここまで来たのだ。乗りかかった船である。

それにしても鬼子母神に参詣。鬼子母神といえば安産祈願の神さまだ。

お道は上村肥前守の子を身籠《みごも》ったのかもしれない。上村には正室との間に子供がいるのだろうか。お道が身籠ったとしたらお腹の子は三吉の弟か妹ということになる。

おそらくは、生涯、お互いを兄妹あるいは兄弟と名乗ることはないだろう。ましてや、言葉を交わすこともないに違いない。

そんな思いを抱くと三吉を見る目も複雑なものになってしまう。

「腹減ったか」

「大丈夫だ」

「家まで我慢できるか」

「うん」

三吉は力強く答えた。

二人が八丁堀の家に着いた時には日が暮れていた。

久恵が出迎え、源之助には三吉のことを伝えてあると言った。源太郎は三吉を伴い居間に入った。源之助が待っていた。

「三吉です」

源太郎は改めて今朝、三吉が越中橋の袂で腹を空かせていたこと、三吉が母を訪ねて上野の岩野村からやって来たことを話した。

「上村さまの上屋敷と下屋敷に行ってまいりました」

それからの動きに説明が及んだところで、

「それからのことは後で聞く。一日中歩き回ったようだ。ずいぶんと汗をかいたであろう。まずは、湯屋に行ってまいれ」

源之助は言った。

「わかりました」

源太郎は頭を下げると三吉を伴い湯屋へと向かった。

「いじらしいものだな」

源之助は三吉を目で追いながら言った。

「母を慕って江戸まで、一人で来るなんて」

久恵は複雑な表情を浮かべた。

「三吉、源太郎になついておるではないか。源太郎の奴もまめに面倒をみておるようだ」

「歳の離れた弟のような気がしているのかもしれません」

「弟な……。あいつも兄弟が欲しかったのかもしれんな」

源之助は頰を緩めた。

「ともかく、三吉が無事に村に帰ることができればいいのですけど」

「そうなるさ。源太郎ならしっかりと面倒をみる。あいつの好《よ》いところは真っ直ぐで弱い者に肩入れをするところだ」

「優しいのですよ」

久恵はうれしそうに微笑んだ。

「優しいか……」

優しいだけでは八丁堀同心は務まらないと内心で思ったが、今はそのことを持ち出すことはない。源太郎なりに懸命に尽くしているのだから。

「御用の妨げにはなりませんよね」

ふと、久恵はそうぽつりと洩らした。

「それはないだろう」

言ったものの根拠があるわけではない。

「源太郎は三吉に同情して自分の分を超えてまでして三吉のためになってやろうと働くのではないでしょうか」

意外な思いがした。久恵の口からそんな言葉が出るとは思ってもいなかった。が、落ち着いて考えてみれば、久恵の言う通りである。母親の身になってみればというより、町奉行所の立場になってみれば、上村家との間で揉め事があってはならない。

「大丈夫ですわよね」

久恵は敢《あ》えてそういう表現をすることで源之助に源太郎の行いに目配りを怠ることのないよう求めているようだ。

「大丈夫だ。あいつも町奉行所の同心としての自分の役割、立場はよくわかっておる。それを逸脱した行いなどするはずはない」

久恵は尚《なお》も何か言いたそうだったが、それ以上疑問を重ねることは源之助への反発、あるいは源太郎を信用しないと受け止めたのか口を閉ざした。

「なに、あいつで手におえなかったらわたしが三吉のことは引き受ける」

久恵の不安を払拭《ふっしょく》しようとそう言葉を添えた。もちろん、自分には奉行直々の影御用がある。久恵はそのことを知らない。

「よろしくお願いします」

ここで初めて久恵は安堵の表情を浮かべた。

四

源太郎は三吉を連れ、近所の亀の湯にやって来た。

「村では湯屋には行かなかっただろう」

「うん」

「家で風呂を沸かしていたのか」

「そうだ」

「江戸は湯屋というのがたくさんあってな、各町内にあるんだ」

「ふ〜ん」

「湯が熱いかもしれんぞ」

「平気だ」

二人は脱衣所の乱れ籠《かご》に着物を脱いで、ざくろ口から中に入った。湯気がもうもうと立ちこめている。

「まずは、掛け湯をしてな、身体を清めてからでないと湯船に入ってはならん」

源太郎は湯船の近くに座り、湯桶で掛け湯をした。それを真似て三吉も掛け湯を行う。三吉は顔をしかめた。

「熱いか」

「熱くない」

三吉は元気一杯だ。

「よし、入るぞ」

源太郎が湯船に入ると三吉も入った。三吉は歯を食いしばっている。

「大丈夫か」

「平気だ」

三吉は熱い湯に耐えることが母親との再会を実現させることであるかのように必死で我慢をしている。見ていていじらしくなった。

「背中を流すぞ」

源太郎は湯船から上がり、洗い場に座った。三吉を横に座らせ背中を向けさせる。

三吉の小さな背中を糠袋《ぬかぶくろ》でこすった。

三吉はこそばゆいのか笑い声を上げた。

「こら、我慢しろ」

源太郎は三吉の頭を軽くこづいた。背中を洗い終えると三吉は、

「兄ちゃんも流してあげる」

三吉に言われ源太郎は背中を向けた。背中を三吉が持つ糠袋が這い回る。それは、小さくこそばゆいほどの力だが三吉の懸命な様子が伝わってきて心地良い。そのままこすられるに任せていると三吉を母親に会せてやりたいという思いが胸をついた。

「ありがとう、もう、いいぞ」

源太郎が礼を言うと三吉はにっこりと微笑んだ。

「さあ、もう一度入って出よう」

「うん」

二人は湯船に浸かった。

「よし、十を数えるぞ」

源太郎に言われ三吉は、

「一、二、三」

と、大きな声で数え始めた。源太郎もそれに合わせる。二人声を揃えて、

「九、十」

と、言うや同時に湯船を出た。湯が飛び散った。

「あ、熱つつ」

湯を浴びた老人が顔を歪めた。

「申し訳ございません」

源太郎が頭を下げると三吉もぺこりと頭を下げる。老人は温和な表情を浮かべ、

「蔵間殿のご子息じゃな。蔵間源太郎殿」

「はい、そうですが」

八丁堀の湯屋だ。南北町奉行所の同心や与力が通っている。視線を凝らすと湯煙の向こうに見覚えのある顔があった。

「山波《やまなみ》殿、でございますね」

「そうじゃよ」

山波平蔵《へいぞう》。元南町奉行所の同心である。源之助の前任者として両御組姓名掛を務めていた。源太郎も見習いとして奉行所に出仕したばかりの頃、昨年の春に両御組姓名掛で山波の指導を受けたことがあった。

「蔵間殿はお元気か」

と、山波が訊いたところで三吉に視線を向けた。山波を信用しないわけではないが、上村家の内情に関わることにも話題が及ぶとあっては三吉のことを軽々しく説明すべきではない。

「知り合いの息子なのです。たまたま、家に遊びに来ております」

山波はにっこりしながら三吉の頭を撫でた。

「名はなんと申すのじゃ」

「三吉です」

「歳は」

「七つです」

「うむ、よい子じゃ」

山波は三吉の頭を撫で湯船に入った。

「では、失礼します」

「蔵間殿によろしくお伝えくだされ」

「承知しました」

源太郎は三吉の手を引き脱衣所に向かった。

三吉は家に戻ると夕餉を食べ、明日に備えて寝てしまった。源太郎も寝ようと思ったが源之助に呼ばれ居間で対した。

風を取り入れるため障子を開けている。狭い庭には蛍が行き交い淡い光を投げていた。

源太郎が呼ばれた理由は三吉にあるに違いない。問われる前に、

「本日、三吉を伴い上村肥前守さまの上屋敷に行ってまいりました。上屋敷で郡奉行をお勤めの横山小十郎さまにお会いし、三吉の母が上村さまのご側室お道の方さまとわかりました」

「そうであったか……」

源之助に驚きはない。十分に予想できた。三吉にとっては気の毒な現実、源太郎にとっては大きな厄介事となるかもしれない。

次の源太郎の話は源之助の心配を現実のものとした。

「横山さまからは、三吉をお道の方さまに会わせてはならないと釘を刺されました。しかし、わたしはその禁を破りました。いや、まだ、破ってはおりません。三吉を連れ、上村さまの下屋敷を訪ねました。言葉を交わすことはせず、せめて、遠くから一目でも母の顔を見せたかったのでございます。しかし、下屋敷とは申せ御老中さまの

お屋敷。広大過ぎて、お道の方さまの所在すらわからぬ有様でございました」

源太郎は敢えて、お道の方の鬼子母神参詣のことは言わなかった。

「ならば、ぎりぎり、禁を犯してはいないということじゃが」

源之助はじっと源太郎の目を見た。源太郎は一瞬だけ目をそむけた。それを見逃す源之助ではない。

「おまえ、三吉に同情する余り、どうにかしてお道の方さまとの再会を果たさせる所存であろう」

「いいえ……。いえ、そう考えております」

源太郎はきっぱりと答えた。

「おまえらしいな。おまえらしい、正直さだ」

「父上、わたしは、三吉に一目だけでも母親の顔を見させたいのです。決して、事を荒立てることはしません」

源太郎は膝を乗り出した。

「気持ちはわかる。しかし……」

ふと、奉行永田の影御用を思った。摂津屋探索、摂津屋の背後には老中上村肥前守盛次がいるということだった。まさか、摂津屋の件に三吉とお道の方の再会が関係するとは思わないが、妙な成り行きになったものである。

「決して、ご迷惑はおかけしません」

「わたしにではない」

「むろん、父上、母上にも御奉行所にもです」

「わかった。そこまで申すのだ。もうよい。休め」

「お休みなされませ」

源太郎は腰を上げ、縁側に出た。月はないが、星影が夜空を彩っている。夜風に身を晒し頭を冷やしてから、自室に入った。

蚊帳《かや》の中に布団二つ並んで敷いてあり、一つに三吉が寝息を立てていた。

その純粋で無垢な寝顔を見ていると、三吉にお道との再会を果たさせたいとの思いが強くなった。

——言葉は交わさない。遠くから一目、顔だけでも——

そう思い布団に横たわった。

第三章　炎昼の田舎芝居

一

明くる三日の朝、源之助は奉行所に出仕した。

源太郎と三吉の一件が脳裏を占め、どうも落ち着かない。生まじめな源太郎のことだ。きっと、三吉と母親の再会を自分のことのように背負い込むことだろう。源太郎は三吉と共に行動したことにより、三吉への親近感を増している。

――大丈夫か――

そんな心配が心を離れない。

――いや――

源太郎に任せるべきだ。いつまでも半人前扱いをすることはない。

そこへ、

「邪魔するぞ」

と、入って来たのは武山である。

「お早うございます」

源之助は静かに挨拶をする。

武山は足早に部屋に入り、源之助の前に座った。武山の用件は摂津屋のことに決まっている。

「昨日、摂津屋を訪ねました」

源之助は摂津屋で見聞きした主徳兵衛の行い、長屋での評判を話した。武山は表情を変えることなく聞き、源之助が話し終えたところで、

「で、そなたはいかに思う。摂津屋徳兵衛という男を」

「表と裏の顔があるような気がしてなりません」

「そのわけは」

武山はわずかに目元を緩めた。

「あまりにも絵に描いたような善行だからでございます。金に困っている武士、しかも、手代が持て余した武士に自分の裁量で金を貸す。その上、武士の要求する金より

も多く貸してやる。用心棒を使って武士を追い出すという騒ぎで世間の目を引きつけておいてそうした行いをしたと考えられなくもありません」

「つまり、徳兵衛は世間に善行を施すということを印象づけたいのだな」

「そう考えます」

「それほどまでして善人であることを広めるとなると、どのようなわけがあるのだろうな」

「商売をしやすくするためということもありましょうが、やはり、何らかの企《たくら》みがあるのかもしれません」

「わたしもそう思う」

「御奉行は摂津屋のどんな点を怪しげに思われたのでございましょう」

「それはわたしにも話してはくださらん。ただ、それは、御奉行御自身も納得はできておられないのかもしれん」

武山は持って回った言い方だ。

「今回、摂津屋を調べ直すということは、どちらからかご指示があったのでしょうか」

武山はそれには無言で答とした。余計なことは訊くなということか。

「ともかく、引き続き調べてくれ」

「承知しました」

武山はすっくと立ち上がると振り向きもせず出て行った。

「摂津屋か」

これはあくまで影御用。しかも、奉行直々の内命。誰にも話せないことである。どうするか。

「そうだ」

ここは直接徳兵衛と対してみよう。

そう思うと俄然、頭の中は探索へと向いた。すると、そこへまたも来客である。

「お早うござる」

入って来たのは山波平蔵だった。隠居らしく蚊絣《かがすり》の単衣の着流しという気楽な格好だ。手に真っ白な花を咲かせた朝顔の鉢植えを持っている。

「土産《みやげ》でござる」

山波は鉢植えを両手で差し出した。

「かたじけない」

「それから、これも」

山波は着流しの懐中から風鈴を取り出した。それを天窓の格子に紐でぶら下げた。風が吹き込み風鈴が鳴った。

「殺風景な部屋に彩りが加わりました。それに、いかにも涼しげです」

「まあ、気分の問題ですがな」

「まこと、山波殿には助けられます」

「大袈裟なことを申されるな。暇を持て余す隠居の身でございますのでな、つい、お節介かと思ったのですが」

山波の顔が笑い皺で一杯になった。

「昨晩、湯屋で源太郎殿と会いました」

「ほう、そうでしたか」

「小さな男の子を連れておりましたな。なんでも知り合いのお子とか」

源太郎は三吉の素性を明かさなかったようだ。

「まあ、そうなのですが」

源之助は山波を欺くことに気が差したものの曖昧に誤魔化《ごまか》した。山波は別段怪しむことなく、

「何か面白いことはございませんかな」

と、大きく伸びをした。

「これは、山波殿のお言葉とは思えませんな。多趣味であられる山波殿が退屈をなさるとは、信じられません」

「近頃、なんと申しましょうか。ちょっと、平穏な日常になんとなく飽きましてな。またぞろ、老いらくの恋というのもなんですが、何か暮らしに刺激が欲しいと申しますか」

山波は恥ずかしそうに頭を掻いた。

山波はこの春、柳橋の芸者に老いらくの恋をした。結果は苦い思い出となり、そのことを照れていてさすがに後悔もしているようだ。

「夏のせいかもしれませんな。何をやっても集中できないのでござるよ」

「今年の夏は一段と厳しいですからな」

「ですから、こうして用もないのにほっつき歩いているような有様でしてな」

山波は己を責めるように自分の頭をぽんぽんと叩いた。

「では、わたしと一緒に出かけませんか」

「ほう、何処へ」

山波は目を輝かせた。

「刺激になるかどうかはわかりませんが、暇つぶしにはなります。新両替町一丁目にある両替屋の摂津屋です」

「両替屋でござるか」

山波はきょとんとした。生まじめな暮らしぶりの源之助と両替屋が結びつかないに違いない。

「そこで何をするのでござる」

「決まっております。金を借りるのですよ」

「金……。それはあるに越したことはござらんが。まさか、蔵間殿、お暮らしにお困りか。それとも、急な出費でもござるのか」

「そうではござらんが、実は昨日、少々面白いものを見ましてな」

源之助は摂津屋徳兵衛と池田藩士山田五郎左衛門とのやり取りを語った。

「ほほう、そんなことが」

山波も興味を抱いたようだ。

「ですから、その徳兵衛、まこと慈悲深い商人なのかどうか、確かめてやろうと思いましてな。一芝居打ちたいのです。山波殿、金に困った隠居侍に成りすまして摂津屋へ金を借りに行ってくださらぬか」

「それは面白そうじゃ」

　山波は手で膝を打った。

「ならば、段取りはわたしにお任せいただいて、早速《さっそく》出かけましょうか」

「実はわしは一度でいいから芝居というものをやってみたいと思っていたのです」

「山波殿を金に困った侍にさせるのは気が引けますが」

「なに、かまわんですぞ。見事、その役柄を演じてみせましょう」

　山波は胸を叩く。

「して、段取りは」

「山波殿は金に困り摂津屋に赴く。そして、是非とも一両を借りたいと頼む。手代が応対するでしょう。わたしが睨むように摂津屋徳兵衛が偽善者であったなら、まずは手代峰次郎に応対させそれから自分が出て来るはず。おおっと、その間に用心棒が出張るかもしれませんがな」

「用心棒はちと苦手じゃな」

「ご心配なさるな。その時はわたしが間に入り、絶対に山波殿に危害を加えさせないように致します」

「蔵間殿ならば安心してお任せできる」

「それから、主徳兵衛が出てくるはずです。出てこない場合は徳兵衛を出せと要求します。徳兵衛がどんな応対をするのか」

「それをこの目で確かめようというのですな、これは面白い。ま、なんだか、蔵間殿の引き立て役のような気がするが、それもよし」

「畏れ入ります。終わったら鰻《うなぎ》でもご馳走します」

「鰻飯にありつけるとなりますと、俄然やる気が出てまいりましたな」

山波は大きな口を開けて笑った。

「山波殿をとんだことに巻き込み申し訳ございません」

「ですから、申しましたでありましょう。暇を持て余しておるのです。刺激が欲しいと思っておったのです」

「さて、どうなることでしょうな」

「これ、まさか、御用の一環ではございませんな」

「違います」

こともなげに返す自分を人間が悪くなったと複雑な思いに駆られた。

二

源之助と山波は新両替町一丁目にある摂津屋の店先に立った。

山波はやって来る前に、わざと着物をよれよれにし、髪も乱し、肩を落として殊更《ことさら》にくたびれた老人を装った。山波は自分ながらその扮装が気に入ったようで、来る道々、うれしそうに頬を綻ばせている。やる気満々といった風だ。

源之助は山波から間を取って待っていた。山波はちらりと源之助に笑みを送ってから、摂津屋の暖簾を潜った。土間に立って店の中をゆっくりと見回し、それからおもむろに、

「頼もう」

と、大きな声を出した。

手代たちがこちらに視線を向ける。みな値踏みをするように山波を見ていたが、そのみすぼらしさを見て取ったのか、お互い牽制し合って出て来ようとはしない。

山波は背伸びをし、

「頼もう、これ、そこの手代」

と、峰次郎を手招きした。

峰次郎は名指しされたようなものだ。無視するわけにもいかず、満面にわざとらしい笑みをたたえてやって来た。

「御用でございますか」

「用があるからやって来たのだ」

山波は店先に腰掛けた。峰次郎もその前に座った。

「この店は親切な主が営んでおると聞いた。担保もないのに侍の信用で貸してくれるとな。近頃にないあっぱれな両替屋とか。じゃによって、是非ともお貸しいただきたいと思ってな、こうしてやってまいったのじゃ。頼む、一両を貸してくれ」

山波は右の掌を広げ差し出した。

「あの、失礼でございますが、上方《かみがた》のお武家さまでいらっしゃいますか」

峰次郎は揉み手をした。

「いや、江戸じゃが。上方でないと駄目なのか」

「あ、いえ、そういうわけではございませんが。手前ども大坂が本店でございますので、評判をお聞きになられたものと思いましたものですから」

「いや、れっきとした江戸者。何を隠そう南町奉行所の同心を務めておった。今は隠居の身じゃがな」

山波は悪びれることもなく堂々と言い放った。すると、峰次郎の目にはなんとも言えぬ警戒の色が浮かんだ。それを目ざとく見つけた山波は、

「どうした。八丁堀同心では駄目だと申すか」

峰次郎はすぐにかぶりを振り、

「決してそういうわけではございません」

「ならば頼む」

峰次郎は笑顔を引っ込め、

「お貸しするに当たりまして、何か担保がございますか」

「ない」

山波は首を横に振った。

「ないということであれば、精々《せいぜい》お貸しできますのは一分といったところでございます」

峰次郎は上目遣いになったが、その目は底意地が悪そうに凝らされた。

「そんなことを言わないでくれ。わざわざ、足を運んだのだぞ」

山波は顔を歪めた。峰次郎はしれっとした顔で、

「お言葉ですが八丁堀からここまでは目と鼻の先でございます。わざわざと申しますのはいささか大袈裟と存じます」

「馬鹿にしおって」

山波は目を三角にした。

「お侍さま……」

「山波と申したはずだ」

「これは失礼申しました。山波さま、ここはどうあっても無理と申すものでございます」

「一両も貸せないのか。八丁堀同心を見くびるか」

「そうではございません。お侍さま、いえ、山波さまはご隠居の身ではございませんか」

「じゃからと申してもこの山波、いささか腕には自信がある。まだまだ若い者には負けんぞ」

山波は単衣の袖を捲った。威勢のいい啖呵《たんか》とは裏腹に枯れ木のような細い腕が剝き出しになった。これでは、威圧にもならない。案の定、峰次郎は臆することなく、

「では、どちらか他の両替屋、そうですな、門前町によく見受けられます脇両替にでも行かれませ」

「もう勘弁ならん。八丁堀同心を愚弄するとは許せん」

山波は両目を吊り上げた。いくら小柄でみすぼらしい老人でも相手は武士、見境《みさかい》がなくなれば人切り包丁を抜きかねない。そう思ったのか、それとも山波の相手をするのが面倒くさくなったのか峰次郎は奥に向かって、

「先生、お願いします」

と、呼ばわった。

すぐに奥の暖簾が開き井上清十郎が出て来た。井上は口にくわえていた爪楊枝《つまようじ》をぷっと吐き捨て、いきなり山波の襟を摑んだ。

「店で騒いでもらっちゃあ困るな」

小柄な山波は引きずられるようにして立ち上がった。

「やめろ」

山波は顔を真っ赤にして抗《あらが》ったが、それで井上が許すわけがない。山波は往来につまみ出された。そこへ、

「これは、山波殿ではござらんか」

源之助が通りかかった。

「おお、蔵間殿」

山波は声を振り絞った。

井上は山波を道の端に退かし源之助を睨んだ。源之助は、

「なんだ」

と、挑発的に井上を見た。

「なんだと」

井上は吐く息が酒臭い。昼の日中から酔っているのだろう。

「往来で何をしておる」

源之助は一歩も引かないことを示すように胸を張った。

「うるさい」

井上は右手を大刀の柄に手をかけた。源之助は素早く前に飛び出してその右手を押さえた。昨日、井上が山田にやったことを源之助が井上にしている。井上は昨日のことを思い出したようだ。

「貴様、昨日の……」

「今日も天下の往来を騒がしておるようだな」

と、峰次郎に向いた。峰次郎が、

「先生、おやめください」

井上はふてぶてしい笑みを浮かべながら、右手を大刀の柄から外した。

「これはどうした騒ぎでござる」

源之助は言いながら山波を伴い店の中に入った。

「わしは一両借りに来たのじゃが、けんもほろろなのじゃ」

山波は百人力を得たようにいささか大袈裟な身振り手振りを交えながら語った。源之助もそれに合わせるように大いに驚き、

「それはなんとも不親切な。評判とは大違いですな」

「そうでござろう。摂津屋の主徳兵衛殿は仏さまのような御仁だと聞いてまいったのじゃが、あろうことかわけのわからぬ男につまみ出される始末」

山波は思い切り顔をしかめた。

源之助は峰次郎に向き、

「主徳兵衛殿はおらんのか」

峰次郎はおずおずと、

「失礼ですが、お侍さまはどちらさまでございますか」

「そうじゃった。これは申し遅れたな。わしは北町奉行所の蔵間と申す。山波殿とは昵懇《じっこん》の間柄じゃ」

「今も同心さまでいらっしゃいますか」

「そうじゃ」

「では、少々お待ちください」

峰次郎は奥に引っ込んだ。すぐに徳兵衛がやって来た。徳兵衛は穏やかな表情を浮かべ、

「なにやら、手前どもの手代が失礼なことを申したようでございますな」

「そうなのじゃ」

山波は思い切り顔を歪めた。

「これはどうも失礼しました」

徳兵衛はちらりと源之助を見た。源之助は、

「摂津屋の徳兵衛殿と申せば、大した評判だ。仏さまのような慈悲深い御仁だとな。担保がなくとも人を見て金を貸してくれると聞いたぞ」

「それは買いかぶりと申すものでございます。手前はただの商人。聖人君子ではございません。当然ながら算盤が合わないことはできかねます」

「山波殿を信用して金一両を貸してはくれぬか」

徳兵衛はしばらく値踏みをするように山波を見ていたが、

「さようでございますな。では、二分ということでいかがでございましょう」

徳兵衛の目はしっかりと山波を見据え寸分の揺らぎもない。その態度は本両替商としての自信と誇りを滲ませていた。

「二分かあ」

山波は反発することの不利を本能的に悟ったようだ。源之助とてもそれは同じ考えだが、昨日の山田に対する態度とは明らかに違う。その違いは何か。

それを見極めたい。

「小耳に挟んだのだが、さる上方の大名家の藩士は二両を借りにやって来て三両を貸したということだが、今回は山波殿が一両を借りたいと申し出て半分の二分だ。いや、正直に申そう。昨日、その場をこの目で見た。摂津国池田藩の山田殿に金を貸した時のことをな。それが、今日は願いの半分の金しか貸せぬと申す。この違いは何だ」

「山波さまは隠居の身でございます。ですので、手前どもと致しましてはこれが精一杯でございます」

「そういうことか」

源之助は山波を見た。山波はどうしたらよいかわからないように視線が定まらない。

徳兵衛は口をへの字に結んだ。

「ならば、わたしが一両借りたいと申したならどうする」

源之助はにやりとした。

三

徳兵衛は一向に慌てることなく、

「蔵間さまは定町廻りでいらっしゃいますか」

「いいや。両御組姓名掛だ」

「それはまたどのようなお役目でございますか」

「南北町奉行所の与力、同心とその家族の名簿を作成することを役目としておる」

徳兵衛は表情を消し、

「失礼ながら花形とは呼べませんな」

「はっきり申して閑職だ。閑職なら貸せないと申すか」

「いえ、そうではございません。三分まででしたら何とかさせていただきましょう」

徳兵衛は平然と答える。

「一両は貸せないと申すか」

「三分でございます」

徳兵衛に譲る気はなさそうだ。

「そのわけは」

「それは商い上の秘密にかかわることでございます」

「どういうことだ」

「先ほども申しましたように、あくまで算盤勘定です」

「上方の大名の藩士との違いはなんだ。禄ということか」

「そういうことですが」

「我らは三十俵二人扶持《ぶち》だ。山田殿の禄は知らないが、それが、金三分と三両の隔たりがあるほどの高禄と申すのか。高禄だとしたらそもそも金を借りに来るものか……」

源之助はじろりと徳兵衛を見た。いかつい顔が際立った。だが、源之助の強面も徳兵衛には一向に通用することなく、

「それはあくまで我らの算段でございます」

「だから、理由を聞きたい」

「ですから、それは商い上の秘密でございます」

「申せぬと言うのだな」

「担保がございましたら、それ相応にお貸し致します」

「あいにくだが、担保はない」

「蔵間さまがお持ちの十手はいかがでございましょう」

「冗談を申すな」

「冗談ではございません」

徳兵衛は口を固く結び源之助に視線を合わせた。

「いくらなんでも、御公儀より預けられし十手を担保になどできるはずがない」

「ならば、無理でございますな」

徳兵衛は口元を緩めた。

「わかった」

これ以上粘ったところで成果はなさそうだ。ちらりと山波を見る。山波も、

「二分ではどうにもならん。何処か他を当たろう」

「そうですな」

源之助も腰を浮かした。

「お役に立てませんで」

徳兵衛は丁寧な物言いで頭を下げた。峰次郎も、

「ありがとうございました」

その顔は二人を見下すような冷笑に彩られていた。


源之助と山波は摂津屋から離れたところでお互い顔を見合わせた。

「山波殿、かたじけない」

「どうでしたかな」

山波は心持ち自慢げだ。

「なかなかでございましたぞ」

「そうでござったか」

山波はうれしそうに微笑んだ。

「約束でござる。鰻を食べにまいりましょう」

「すみませんな」

「約束ですからな」

源之助と山波は京橋川に向かって歩き、京橋を渡った。鰻の香ばしい香りがしてきた。

「ここにしましょう」

源之助は暖簾を潜る。昼時刻の店内は八割方の客が占めていた。

「鰻飯、二つ、それと香《こう》の物と酒を一本だ」

源之助は手早く注文した。

「わたしは飲みませんので、どうぞ、山波殿」

「よろしいのか」

「もちろんです。名役者へのせめてものお礼でございますよ」

「かたじけない」

山波はにんまりとした。

すぐに徳利一本と大根の味噌漬けが運ばれて来た。源之助は徳利を持ち上げ山波に向ける。

「摂津屋徳兵衛、評判よりも渋いものでしたな」

山波は猪口《ちょこ》で受けた。

「そうでしたな」

「わしが、あんまりみすぼらしかったからですかな」

「それを申すのならわたしとて現職の同心であるにもかかわらず、一両満額は貸せないということでした。やはり、閑職というのが徳兵衛の気に入らなかったことなのでしょうか」

「そうでござろう。足元を見たのでござるよ。十手を担保などとよく申したものでござる。八丁堀同心をなんじゃと思っておる」

山波は酒を飲んだことで怒りがこみ上げたようだ。

「それが、上方の大名家の藩士には甘い」

源之助は解《げ》せないものを感じた。

「大坂の本店と繋がりがあるのでござろう。その点、我ら幕臣は奴らとは縁遠いものでござるからな」

「まあ、そういうことかもしれませんが」

山波の考えを否定しなかったが、どうもしっくりとこないものを感じた。

「どうなすった」

山波は酔眼を向けてくる。

「いや、まあ、なんというか、ぶり返すようでなんでござるが、どうして山田何某のことは厚遇して、我らにはあのようにつれない態度を取ったのでござろう。こんなことを申すのはなんでござるが、我ら八丁堀には商人は何かと丁寧に接するものでござる」

「じゃから、嫌うておるんじゃ」

「どうしてでしょうな」

「大坂の商人というものは江戸の武士が嫌いなのじゃよ。我ら八丁堀同心というものは江戸っ子の典型、あ奴ら大坂の商人どもにとっては目の仇としておるのじゃろうて」

山波はすっかり不機嫌となった。

そこへ鰻飯が運ばれて来た。蒲焼《かばやき》の香ばしい香りに山波は顔を和ませたがじきに頬を強張らせ、

「ご存じかな。江戸と大坂では鰻の蒲焼が違うのでござるぞ」

「聞いたことがござる。大坂は腹を割くとか」

「それだけではござらん。大坂では蒸さないでそのまま焼くのでござる。だから、蒲焼も硬くてかなわん」

山波は苦々しげに蒲焼にぱくついた。それからむしゃむしゃと口を動かし、

「このように、柔らかではないのじゃ」

と、言っているようだが口の中が鰻と飯で一杯のためよく聞き取れない。

「それは難儀でござるな」

源之助の言葉を、

「なんの、これしき。歳はとっても歯が丈夫なのが自慢」

山波は間違った解釈をした。源之助は言い訳をすると藪蛇《やぶへび》となることを恐れそのままにした。山波はさらに興に乗り、

「大坂では鰻のことを蝮《まむし》と言うのでござる」

「蛇の蝮ですか」

「そうじゃ。蒸さずに腹を割いて焼くようなもんですからな、蝮のようなもんじゃ」

山波はすっかり大坂嫌いになったようだ。

「まあ、山波殿」

源之助は宥《なだ》めるように徳利を向ける。

「すんませんな。悪酔いをしてしまったようでござる」

山波の顔は赤らんでいる。

「どうも昼の酒というものは早く酔いますな」

山波は言い訳をしながらもくいっと猪口を空けた。

「まあ、今日は山波殿にすっかりお世話になったのですからな」

「田舎芝居でござったよ」

「楽しかったですな」

「まこと楽しゅうございました。またやりましょうぞ」

山波は機嫌を直した。

「それにしても、摂津屋徳兵衛という男、つかみ所がないというか、そう、鰻のような」

「鰻……。あいつこそ蝮かもしれませんぞ」

「なるほど蝮ですか。ですが、蝮とは程遠い色男然としてますが」

「人は見かけにはよらない。戦国の世に蝮と呼ばれた武将斎藤道三《さいとうどうさん》も面差しは雅《みやび》なものじゃったとか。外面に欺《あざむ》かれてはなりません」

「それは言いえて妙かもしれませんな」

「そういうことでござる」

山波はそう言ったと思うとごろんと横になった。酔いが回ったようだ。鰻はまだ半分も残っている。山波は一本の酒と半分の鰻で満足したように平穏な顔である。その寝顔を見ていると、羨ましくもなった。

「お連れさま、大丈夫ですか」

女中が心配そうな顔を向けてくる。

「いい気分でいる。少し寝かせてくれ」

「いいですけど」

女中はそのまま奥に引っ込んだ。源之助は鰻飯に箸をつけた。あれほど好物だった鰻がなんとなく胃にもたれてくる。

鉛入りの雪駄をやめたことと合わせ、一夏を迎えるごとに歳を感じる。

四

源太郎は奉行所に出仕すべきかどうか迷った。いや、迷ってはいけない。奉行所に出仕するのは当然である。だが、三吉との約束がある。

三吉とは桐生藩邸に行く約束をしたのだ。それまで母に預かってもらおう。

「母上」

久恵は小首を傾げ源太郎の言葉を待った。

「昼まで三吉を預かってください」

「それはかまいませんが、おまえ、それからどうするのですか」

「三吉を連れ、上村さまの下屋敷に行くつもりです」

「そのような……」

久恵は危ぶむように口をつぐむ。

「たとえ、一目でも三吉に母親と会わせてやりたいのです」

「そのようなこと、上村さまはお許しにはなりませんでしょ」

「ですから、そっと影から」

久恵は口ごもった。

「ご心配には及びません。決して、面倒沙汰を起こすようなことはしません」

源太郎の力強い物言いに久恵はそれ以上の抗いは示さず、

「本当ですね。一旦、口に出した言葉は容易には引っ込められるものではありませんよ」

「しかと胸に刻んでおきます。武士に二言はございません」

源太郎は頭を下げた。

そこへ三吉が入って来た。

「兄ちゃん、いつ行くの」

「昼に戻ってまいる。それまで、大人しく待っているのだ。よいな」

源太郎は三吉の頭に手を置いた。

「うん」

三吉は希望に燃えた瞳をくりくりとさせている。

「では、行ってまいります」

源太郎が玄関に向かうと久恵と共に三吉も見送りに来た。三吉の期待の籠った目、久恵の案ずるような視線を感じながら奉行所へと向かった。


源太郎は奉行所に着くと同心詰所に顔を出した。

挨拶をしてから筆頭同心緒方小五郎《おがたこごろう》の前に進み出る。緒方は例繰方《れいくりかた》一筋で勤務してきたが、昨年の春より源之助に代わって筆頭同心となっている。事務方一筋ということで沈着冷静、温厚な人柄で知られている。

「緒方さま、本日、私用によりまして昼より早引きをしたいのです。よろしくお願い申し上げます」

緒方はおやっとした顔になった。源太郎が休んだり早退したりとはおよそしたことはない。

「どこか具合でも悪いか」

緒方は気遣ってくれた。

「いえ、そういうわけではございませんが、私用がございますので」

源太郎は事情を打ち明けることができず心苦しくなった。緒方はいぶかしんだが、

「そうか、かまわんぞ」

と、敢えて理由を問いかけようとはしなかった。それが緒方の気遣いであることがひしひしと伝わってくるだけに源太郎の胸は申し訳なさで一杯になった。

「申し訳ございません」

「謝ることではない」

緒方はにこやかに言った。源太郎は頭を下げ縁台に腰掛けている先輩同心牧村新之《まきむらしんの》助《すけ》の前に立った。新之助は源之助が殊の外に目をかけていた同心である。それだけに、新之助も源太郎に対しては源之助への恩返しとばかりに何かと面倒をみてくれる。

「牧村さま」

早退のことを報告しようと思ったが、

「聞いておった。用事があるのだろ」

「はい」

「わたしに遠慮することはない。昼からはわたし一人で町廻りをするさ」

「あの」

新之助には事情を打ち明けようかと思った。だが新之助は、

「よい、きっと、おまえのことだ。怠けようなどと思っているのでないことはよくわかる。よほどの用事なのだろう」

新之助の優しさにぐっときた。

「では、町廻りにまいろうか。今日も暑くなるぞ」

新之助は格子戸から覗く青空を見上げた。それが合図であるかのように蝉の鳴き声がかまびすしくなった。


源之助は山波と鰻屋で別れた。それからどうしようかと思案をする。

もう一度、摂津屋に足を向けてみようと思った。強い日輪の輝きはまさしく怒っているかのように容赦がない。自らの老いに抗うように日輪を見上げ、

「しっかりせい」

己を叱咤する。

探索に足を踏み入れると以前はのめり込んだものだ。いくら夏の暑い盛りであろうと凍《い》てつくような真冬の夜中であろうと、篠《しの》つく雨がやまない梅雨の日であろうと、ものともせずに役目に邁進《まいしん》ができた。

出世や褒美のためではない。

御用そのものに夢中になれたのだ。

そんなことを思いながら摂津屋の店先に立った。

距離を置き、店を監視する。すると、峰次郎が表に出て来た。

峰次郎の視界に入らないよう天水桶の陰に身を寄せた。様子を窺っていると、峰次郎は何やら案内をしている。

「まずい」

数人の侍が峰次郎の前に立った。距離があり、雑踏の中のため峰次郎が何を言っているのかわからない。侍たちは身形《みなり》がきちんとしていてどこかの大名家の家来のようだ。

侍たちは峰次郎の言葉を聞くと、店の裏手に歩いて行く。

俄然、興味が湧いた。

源之助も摂津屋の裏手に回った。生垣が巡り母屋が設けられている。庭もあるが特別に豪勢なものではない。庭は狭く、やり取りを聞き取ることができる。生垣の陰に身を潜ませて様子を見た。侍たちが行列を作っていた。

「なんだ」

思わず呟いた。

母屋の縁側に徳兵衛が座り千両箱を脇に置いて正座をして侍たちの相手をしていた。庭には用心棒の井上清十郎が立ち、侍たちに怖い顔を向けていた。

侍たちは徳兵衛に向かって何やら短冊《たんざく》のようなものを差し出している。徳兵衛はそれらを眺め算盤を弾くと、

「五両でございます」

と、小判で五両を渡す。

侍は、

「かたじけない」

徳兵衛はそれに応じ、

「また、よろしくお願いします」

「うむ」

「お仲間にもよろしくお伝えください」

「わかった」

侍は意気揚々と引き上げてゆく。それからも徳兵衛は侍たちが差し出す短冊に応じるように算盤玉を弾き、金を渡す。

一体、何の短冊なのだろう。よほど信用のある短冊に違いない。ひょっとして、在《あり》原業平《わらのなりひら》、西行《さいぎょう》、藤原定家《ふじわらのていか》といった名のある歌人たち直筆の和歌でもしたためられているのか。

それなら徳兵衛が買い取る値打ちもあろうが、そんな貴重な骨董品とも言える短冊を大勢の侍たちが持っているというのは解せない。

自分や山波に対する扱いとは大違いである。

と、徳兵衛から金を受け取った侍の中に山田の姿があった。源之助はそっと山田が出てくるのを待った。山田は突然現れた源之助に一瞬、驚きの表情を浮かべたが、

「これは、昨日の同心殿ではござらんか」

と、笑顔を弾けさせた。

山田はいかにも人の良さそうな顔をしている。その顔つき同様に心根も親切そうな男とわかった。

「池田藩の山田殿でしたな」

「いかにも。昨日はとんだ醜態を演じてしまい、まことに恥ずかしい限りでござる」

「なんのそのようなことはござらん」

「そうだ、昨日の礼を致します」

普段なら礼など受け入れることはないのだが、ぜひとも短冊について聞きたいところである。まさしく渡りに船と言えた。

「お気遣い無用でござる」

「なんの、と、申しても大した礼はできませんが。鰻でもいかがでござる」

さすがに、山波と食べた後では抵抗がある。ただでさえ、胸焼けがするのだ。以前なら、鰻を食べた直後からまた食べたくなるほどだったが、もう、うんざりだ。

「せっかくでござるが、鰻というのは」

と、返事をしたが山田は源之助の遠慮と受け止めたのだろう。

「かまいません。鰻を食べましょう。この暑いのを乗り切るには精をつけねばなりませんぞ」

山田は意気揚々と歩き出した。おそらく、山田自身が鰻を食べたいのに違いない。

「これも御用だ」

源之助は自分の好みを言っている場合ではないと思い、ついて行った。

第四章　銀札《ぎんさつ》

一

源之助は山田に連れられ、鰻屋に入った。

しかも間が悪いことに山波と入った店である。案の定、つい先ほど店にやって来た源之助に女中は怪訝な目を向けてきた。余計なことを言われないように、

「ありがたい。拙者、鰻は大好物なのです。殊に夏ともなりますと、懐さえ許せば一日三食鰻を食べたいほどです」

などとこれみよがしに述べ立てた。女中は今の言葉で納得したのか何も言わなかった。

「それは良かった。遠慮なさらず食べてくだされ」

山田は酒も勧めてきたがそれは断った。

いきなり、目撃した光景を切り出すわけにはいかない。

「山田殿は上方《かみがた》でございますな」

「さよう」

「それにしては、上方訛りがございませんな」

「江戸表では国の訛りはなるべく使わないよう藩から命じられておりますのでな。なるだけ、武家言葉で対処するようにしております。もっとも、国の連中と酒盛りなどをすると上方訛りが出てしまいますが」

「お国があるというのもよいものかもしれません。わたしなどは先祖代々、江戸、八丁堀住まいですから。この歳になるまで箱根の西に行ったことはございません」

「隠居されたら、お伊勢参り、さらには足を伸ばして京、大坂見物をなさるとよろしかろう」

「そうしますかな」

思ってみれば、箱根を越えるどころか、久恵を温泉にすら連れて行ったことはない。久恵からは湯治をしたいなどと言われたことはないが、内心では不満に思っているのではないか。折を見て、近場《ちかば》の温泉にでも行くか。

──いや──

改めてそれを切り出すのも気恥ずかしい。

「ところで、お国のご妻女の病はいかがでござる」

「病状はどうなっておるかはわかりませんが、昨日、早速朝鮮人参を買い求め、国許へ送ってやったところです。摂津屋徳兵衛殿のお陰でござる。利にばかり走る今の世にはまこと珍しい商人でござる」

「まったくですな」

応じたものの、気が入らないのは自分や山波に対する応対が心の中にあるからである。それからふと気になったように、

「先ほど、摂津屋の裏手に大勢の武士が出入りしておりましたが」

「そうです。わたしも行っておりました」

山田の顔から笑みがこぼれた。

「何かよいことがあったのですか」

源之助もにんまりとした。

「それが」

山田は辺りを憚るように周囲を見回した。鰻を焼く煙が立ちこめ、みな鰻を食べた

り、焼けるのを待ち焦がれている。誰も源之助たちに注意を向ける者などいない。それを確認した山田は、

「昨日、徳兵衛殿から金を借りた後、連絡がありましてな」

「ほう、それは、それは」

面白そうなことになってきた。

「銀札を買い取るというのです」

「ぎんさつ……。ああ」

聞きなれない言葉だったが、源之助はそれが各大名家が領内で流通させるために発行する紙幣であることに気がつき、空中で、「銀札」と指で書いた。上方は江戸と違って銀使いであることから銀札と呼ばれる。

領知内の商人の決済、領主への運上金や冥加金《みょうがきん》の納入、農村での支払い手段に用いられる。関東の大名は金《きん》使いのため金札を発行したが、天下の台所と称される大坂を中心とした流通経済が盛んな上方で多く見受けられた。

形態は藩によって異なるが、概《おおむ》ね縦六寸（約十八センチ）、横二寸（約六センチ）の短冊のような形をしており、厚手の上質紙に額面が記されていた。表には札元の商人の名前が記され、裏には発行時期や引替所が書かれている。偽造を防止するため、透

かし文字を入れたり、七福神や双竜、富士山といった絵柄の中に梵字《ぼんじ》や神代文字といった庶民には理解できない文字を入れたりした。

山田はうなずいてから、

「我が池田藩が発行した銀札、これを額面の七割で買い取ると徳兵衛殿は報せて来られたのです」

「発行額の七割ですか」

「いかにも。藩の方々にも声をかけてくださいと言われましてな。国許にも連絡をして銀札を江戸藩邸に持ち込ませております」

「では、先ほど摂津屋の裏手におられた侍方は池田藩のお歴々ですか」

「池田藩ばかりではありません。播磨国の伊丹藩などの者もおりましたな」

「御両家共に上方の藩ですな」

「摂津屋は大坂が本店、上方のお侍さまのお役に立ちたいと申しております」

「なるほど」

徳兵衛の態度はやはり、上方贔屓《びいき》のようだ。それにしても領内でしか通用しない銀札などを手に入れて一体、何の役に立つというのだ。大坂の本店に送り、池田藩や伊丹藩の領内で買い物をする際に使えば役に立つ。領内では額面通りに通用するのだから、単純に考えて三割の儲けということになる。

だから、損を承知とか温情だけで行っているのではないことはわかる。

「手元に金があるということは、本当にありがたいことです。何せ、江戸という所は何かと物入りですからな」

「いかにも」

源之助がうなずいた時、鰻が運ばれて来た。香ばしい香りなのだが、匂いをかいだだけで胸焼けがする。それどころか、

「八丁堀の旦那、鰻がお好きのようでございますので、余計に盛っておきました」

女中はにっこり微笑む。鰻を焼いていた店の主人らしき男もこちらを向いて愛想笑いを送ってきた。これからもよろしくお願いしますと言いたいのだろう。

好意を無視するわけにはいかず源之助も笑みを返したが、頬は引き攣《つ》ってしまった。

源之助の前に置かれた鰻飯は蒲焼が丼からはみ出し、飯も大盛りである。

見ているだけでげんなりとし、箸を付ける気がしない。山田をちらりと見やり、

「山田殿、いかがでござる。ここの鰻は美味、よろしかったらこれを」

と、自分に置かれた鰻飯を山田に向けた。山田は軽く首を横に振り、

「それでは店の主人の好意を無にします」

「それはそうですが」

「実を申すと、どうも江戸風の鰻はしっくり馴染《なじ》めませんで」

山田は俯《うつむ》いた。

「なんでも、大坂では腹を裂き、蒸すことなくそのまま焼くとか。蝮と申すそうですな」

「よくご存じで。その鰻たるや美味かったものです。わたしも国許におった頃は武庫《む こ》川《がわ》で鰻を獲ったものでござる。江戸の鰻も美味いには美味いのですが、歯応えが物足りないと申しましょうか。鰻はやはりじかに焼くのがよい。ま、生まれ育ったところで食べた物が一番舌に合うのでございましょうが」

「そういうものかもしれませんな。先ほども申しましたようにわたしは箱根を越えたことはございませんから、土地、土地の名物というのに縁がありません。江戸の食べ物を当たり前のように食しておるだけ」

源之助はなんだか恥ずかしくなった。

「ま、それもよろしかろう」

山田は言いながら鰻飯を食べ始めた。ちらっと源之助に視線を送ってくる。遠慮するなと言いたげだ。

——これも役目の内だ——

勢い良く丼と箸を手に取り、

「いただきます！」

自分に喝《かつ》を入れ鰻をぱくついた。むせ返りそうになるのを必死で我慢する。山田はそれを見てうれしそうな顔をした。

「頼もしい、やはり、江戸の同心殿は頼もしいですな。失礼ながらわたしなどよりよほどお歳を召しておられるのに、その食べっぷり。見ていて気持ちがようござる。拙者など、夏になるとすっかり食が細くなります」

山田はその言葉通り半分食べたところで持て余すように丼を置いた。

「食い意地が張って申し訳ござらん」

源之助は口直しにと茶を飲んだ。満腹などというものではない。腹が苦しくなり、汗ばんできた。しかし、山田の手前残すのは失礼に当たる。

「酒はお好きでございますか」

山田は訊いてきた。

「いや、拙者は見かけ倒しでしてな。何せ、このごつい面相ゆえ酒豪と思われたりするのですが、これが情けないことにほんの少々でございます」

「少々、二升ということですかな」

「いや、いや」

源之助は大きくかぶりを振ってから、

「山田殿はお好きでござろう。池田と申せば酒所ですからな」

山田はにんまりとし、

「正直申しまして酒は大好きでございましてな、池田の清酒、剣菱《けんびし》ですが、これが得《え》も言われぬ美味でございます」

と、遠くを見るような目をした。剣菱を呑んでいるところを想像しているようだ。

が、じきに顔を曇らせ、

「しかし、禄高三十石というわたしのような軽輩の口に入る機会と申しましたら、そんなにはござらん。正月と盆、それから御城中での祝い事の席くらいです。池田でも清酒は高い。普段に呑んでおったのは、どぶろくや濁り酒でございました。それに、池田の酒蔵の酒は多くが地元ではなく、江戸に送られますからな」

「確かに江戸では上方からの下り酒が大そう出回っておりますな。なんでも江戸で呑まれている酒の八割は上方の酒とか」

「ですから、むしろ、江戸の方が池田の酒が呑めるというもの。しかし、どっちにしましてもわたしの口にはなかなか入りませんがな」

山田は言うと鰻飯に箸をつけた。源之助は残りを必死の思いでかき込んだ。

「ご馳走になりました」

「気になさることはない。では」

山田はにっこり微笑むとゆっくりとその場を去った。

二

源之助は笑顔で見送ったもののその笑いは引き攣り、さすがに胃がもたれた。額や首筋から汗が滴《したた》り落ちる。帯を緩めたが、どうにも苦しくげっぷが出た。蒲焼の匂いがし、むせそうになった。帯に差した大刀がやけに重く感じられた。

我ながら情けないことこの上ない。体力の衰えを感じる。ふと、与力になれば酷暑の中、江戸中を駆けずり回ることもない、という思いが脳裏をかすめた。

が、そんな思いもうだるような暑さが現実に引き戻す。

「いかん」

夢想にうつつを抜かしてなんとする。

奉行永田の密命に思案を巡らす。

摂津屋徳兵衛は銀札を買い取っている。

さて、その狙いは何だ。

駄目だ。胃がもたれて考えに集中ができない。

今日のところはこれまでにしようと家路についた。夕暮れが近くなった。

源太郎は屋敷に戻ると三吉を伴い雑司ヶ谷村の桐生藩邸に向かった。三吉は母親と会えるという期待が胸一杯に広がっているためか、幼い面差しが緊張で厳しくなっている。

二人は上村家の下屋敷を横目に鬼子母神にやって来た。

鬼子母神は安産祈願、商売繁盛の神だ。ということを三吉に教えるのはいかにも気の毒だ。

三日の昼九つ半、そろそろお道が参詣にやって来る頃合である。門前の参道には欅《けやき》並木が連なり、日差しを遮《さえぎ》ってくれてありがたい。境内には蟬時雨が降り注ぎ、木陰に吹く風が爽やかだ。

まず目を引くのは天に向かって屹立する大きな公孫樹《いちょう》の木だ。幹の周囲は六間（約十一メートル）もあろうか。御神木であることを示すように注連縄《しゆなわ》が張られている。

　境内を見回すと鬼子母神が祀られた本堂をはじめ、妙見堂《みようけんどう》、法不動堂《のりふどうどう》、武芳稲荷《たけよしいなり》堂《どう》、大黒堂といった建物があり、この暑いのに参拝者で賑わっていた。

　まだ、お道は来ていないようだ。参詣客は安産祈願のためか女が多く見受けられる。

「おっかあは」

　三吉は母と再会できるという期待に小さな胸を膨らませている。

「まだだな。まずは、お参りをしよう」

「うん」

　二人は本堂に向かった。鬼子母神が親子対面を聞き届けてくださるのかどうかはわからないが、今は三吉にお道の姿を見せてやりたいという気持ちで一杯だ。

　それ以外のことを祈るのはいかにも場違いな気がした。

　二人揃って柏手《かしわで》を打ち両手を合わせる。横目に三吉が真剣な表情で祈願しているのが見えた。そんな姿を間近に見てしまえば、なんとしても再会を果たさせたいと思うのが人情だ。

　しばらく両手を合わせてから三吉は顔を上げた。

「あそこに、茶店がある」

源太郎は三吉の手を引き、参道にある茶店に入った。

「冷たい麦湯をくれ」

源太郎は声をかけた。三吉に、

「団子を食べるか」

三吉は首を横に振った。

母との対面を前に緊張を覚えているのだろう。源太郎は麦湯を運んで来た女中に、

「鬼子母神には上村さまのご側室さまが参詣に訪れるとのことだが」

「はい。もう、そろそろですよ。それはお美しいお方でございます」

「ならば、ご尊顔を拝むことができるのかな」

「そうは言っても近づくことはできませんよ。警護のお侍さまがおられますんでね」

「それはそうだろうな」

女中は三吉をまさかお道の息子とは思いもしないだろう。にっこり微笑んで、

「団子、美味しいよ」

と、愛想を三吉に振り撒いた。

「いらない」

三吉はきっぱりと首を横に振る。

源太郎は余分に銭を渡した。

待つことしばし、周囲が騒がしくなった。侍が数人どやどやとやって来た。境内に入ると怖い顔で周囲を見回す。三吉が緊張するのがわかった。

やがて、お道を乗せていると思われる駕籠が来た。豪華な螺鈿《らでん》細工の女駕籠、大名の妻女が乗るものである。

駕籠は参道を通り抜け大公孫樹の前にぴたりと横付けにされた。引き戸が開けられた。すぐに、すっくと立つ女の姿が見られた。豪華な打掛《うちかけ》を身にまとった女は背中しか見えない。横に奥女中らしき女が立ち日傘を開いた。お道の顔は日傘に遮られた。そして、ゆっくりと本堂に向かって歩いて行く。境内に警護の侍が満ち、参拝を禁止した。

三吉は必死の形相で源太郎を見上げた。源太郎は三吉の手を引き大公孫樹に向かった。すぐに警護の侍から、

「これこれ」

と、制せられた。

「拙者、北町奉行所同心蔵間源太郎と申します。鬼子母神に参詣にまいりたいのですが」

源太郎はひたすら低姿勢に出た。

「参詣は少々お待ち願いたい」

「あまり時がないのです。ですから、少々急ぐのですが」

「ならん」

侍は居丈高な態度を取った。

「ですが、ここは天下の神社、人の参詣は勝手と存じます」

源太郎は三吉の願いを叶えてやることこそが自分の使命だと自分に言い聞かせ、一歩も引くものかと胸を張った。

すると、侍の目に蔑みの色が浮かんだ。それはこれまでにも見たことのある町奉行所同心を不浄役人と馬鹿にする侍に見受けられる目つきに他ならない。

案の定、

「黙れ、町方の役人の分際で何を申す」

「参詣をお願いしております」

源太郎はひるんではならじと言い募る。

「我らは御老中上村肥前守さまの家中である。わしは御用方水上次郎右衛門《みなかみじろうえもん》。参詣されるは肥前守さまのご側室お道の方さまであるぞ。下がりおれ」

水上は老中の権威を笠《かさ》に強硬姿勢となった。源太郎は一行が何者なのかはわかっていたが敢えてそのことは口に出さず、

「それは失礼申しました。ですが水上さま、そこを何卒、お願い致します」

「ならん、ならん、何故町方の同心がそんなにも強情を張る」

水上はちらっと三吉を見た。

――いかん――

三吉の素性を知られてはまずいことになる。

昨日、上屋敷ではお道に会ってはならないと釘を刺され、そのことを了承したのである。それを破ったとなれば、源太郎の素行に対して町奉行所に抗議をなされるであろうし、三吉の父茂吉にも災いが及ぶかもしれない。

「いえ、その」

源太郎はつい口ごもった。すると、水上は表情を緩め、

「すぐにすむ。こちらで待っていてくれ」

これ以上、抗うことはかえって不利益となろう。

「わかりました」

源太郎は身を引いた。

「兄ちゃん」

三吉は源太郎の羽織の袖を引いた。三吉なりに、表立って母親について言い立てることの不都合を感じているようだ。

「ここで待っていような」

源太郎は三吉と一緒にたたずんだ。すると、お道の方参詣の評判を聞いたのか野次馬が集まって来た。みな、お道の方が評判の美人と聞き、一目でも顔を見ようとやって来たようだ。

そんな連中も桐生藩の家来衆に行く手を阻まれ、大公孫樹から本道に向かうことはできない。みな、不満な声を洩らしながらもおとなしくしていた。

こうなったら、お道が参詣を終え大公孫樹まで戻って来るのを待ち、せめて顔だけでも見させてやろう。

しかしその願いも、野次馬たちが源太郎や三吉の前に壁のように立ちはだかり、三吉の視界を塞いだため思うに任せない。三吉は懸命に背伸びをした。しかし、それでは到底《とうてい》中を見通せるものではない。

「三吉、ほら」

源太郎は三吉を肩車してやった。三吉は、それで人の壁から頭一つ分突き出た。

「見えるか」

「うん」

「よし、しっかり見ているんだぞ」

源太郎も好奇心が疼《うず》き一目見たかったものだが、それをぐっと堪えた。それでも、時々隙間が開き、境内の様子を見ることができた。

「ああ、側室さまだ」

とか、

「きれいだ」

「お顔見えるかい」

「いや、着物だ」

「馬鹿」

などと男たちは好き勝手なことを言っている。

野次馬たちの話では日傘が邪魔をして顔が見えないようだ。日傘が邪魔をしているというよりは、奥女中がわざと野次馬たちの目から遮ぎっているのだろう。

野次馬の不満な声が充満し、水上以下上村家の侍たちが野次馬を諫める声が交錯してちょっとした騒ぎだ。三吉は溜まりかねたように、

「おっかあ」

と、叫んだ。

が、その声は騒ぎによってかき消された。源太郎はほっとすると同時に可哀相でならなくなった。

この場で母子の対面などできようはずはない。そんなことをすれば、三吉に災いが及ぶし自分や奉行所もただではすまないだろう。

それにこの騒ぎ、三吉の声が聞き取れないどころかこんな子供がお道の方の子供だとは誰も気がつかない。

「ああ、駕籠に入っちまうよ」

「ご側室さま、一目お顔を拝ませておくんなさい」

野次馬たちの身勝手な声が響き渡る。

と、不意に草笛の音がした。

それは清らかで妙に懐かしげな音色だった。

三

と、野次馬たちの壁が大きく揺れた。

源太郎の前に隙間ができ、視界が開けた。日傘から身を乗り出して周囲に視線を走らせるお道の姿があった。

お道は何者かを探すように顔を左右に揺らしたが、やがて視線を定めた。視線は間違いなく源太郎の頭上に据えられた。そして、草笛の音もそこから発せられていた。が、それも束の間のことでお道はすぐに水上によって押し込められるようにして駕籠に入った。駕籠に入る寸前のお道の目は憂いと喜びが交錯していた。

野次馬たちは意外な成り行きに、言葉を失くしていたが、お道が駕籠に入ると、

「別嬪《べっぴん》だ」

「さすがは御老中さまのご側室だ」

などと浮き立った声を上げげた。草笛の音が止んだ。源太郎は三吉を下ろした。

「退《の》け！」

水上は今の騒ぎですっかり不機嫌になり野次馬を蹴散らしながら駕籠を進めた。そ

の手荒な所作に気圧《けお》され野次馬たちは蜘蛛《くも》の子を散らすようにいなくなった。三吉はその場に踏みとどまり去り行く駕籠を食い入るように見つめた。

源太郎は三吉の肩に手を置いた。身体中が小刻みに震えている。三吉は飛び出し駕籠を追いかけ、

「おっかあ」

と、叫んだ。

駕籠の引き戸が開いた。お道が顔を覗かせた。が、すぐに水上によって引き戸は閉められた。

水上は駕籠の速度を上げさせた。

「三吉、行くぞ」

源太郎に促されながらも三吉は動かない。お道の駕籠が見えなくなるまで一歩も動かなかった。

水上は鬼のような形相で源太郎と三吉を睨んでいたが、やがて踵《きびす》を返した。

「三吉」

もう一度声をかけても三吉は返事をしない。黙っている。そっと、顔を覗くと三吉は両眼に涙を溜め、やがて大粒の涙が頬に伝った。しばらくたたずんでいたが三吉は

着物の袖で頬を拭った。

　それからおもむろに源太郎を見上げる。

「おっかさんに会えたな」

「うん」

　三吉はこくりとうなずく。

　右手に一葉の葉を持っていた。源太郎が視線を向けると、葉っぱを首から下げているお守りの中に入れた。

「楠《くすのき》の葉っぱだ」

「おっかさんとの思い出なのか」

「おっかあは草笛がとっても上手なんだ。おいらにも草笛を教えてくれた」

「そうだったのか」

　源太郎は胸が締め付けられた。今や三吉にとって唯一の母との絆《きずな》なのだろう。その絆をお道は忘れてはいなかったのだ。

「帰るか」

　そんな言葉しか口に出せない自分が情けない。

　三吉は無言になった。

源之助は歩いている内に吐き気に襲われた。やはり、無理して食べるべきではない。楓川の河岸に下りて、吐こうと思った。

腹を押さえながら河岸に向かって歩いて行く。妙な静けさが漂っている。風がなく柳の枝もそよとも靡《なび》かない。

耐えきれなくなって柳の幹に右手を置いた。すると、背後に猛烈な殺気を覚える。振り返ると同時に左足を引き、大刀を抜き頭上に掲げた。

刃が源之助の大刀の側面を流れた。源之助は相手の攻撃を防ぐと同時に掲げた大刀を右斜め上から斬り下げた。相手は後方に飛び退く。

黒覆面で顔を隠した侍が斬りかかってきた。源之助の大刀は相手の刃を払い退けた。次いで、左から来る敵に対して大刀を大上段に構え、すり足で進むと斜めに斬り下げた。

相手の黒覆面が切り裂かれた。凡庸な顔が現れた。敵は顔を隠し後ずさった。残る一人には正眼に向けた。

「何者だ。わたしは北町奉行所同心蔵間源之助である」

そう言い放ったが相手は無言だ。

「この暑いのに顔を隠すとは大変だな」

そんな軽口を言うと、敵は馬鹿にされたと思ったのか突きを入れて来た。

「てや！」

源之助は気合いを発し下段から斜め上に大刀をすり上げた。

敵の大刀は夕空高く舞い上がり、楓川に落ちた。茜《あかね》に染まった川面に小さく波紋が広がっていく。

三人の侍はほうほうの体《てい》で逃げて行った。

「馬鹿めが」

すっきりとした気分になった。

吐き気も止まっている。

それにしても今の敵は何者だ。どこかの大名家の家臣たちのようだった。源之助を殺すつもりだったのか、脅すだけだったのかはわからない。

どちらにしても自分が邪魔なのだ。

となると心当たりといえば老中上村肥前守だが。

目下《もっか》の影御用の相手となれば摂津屋、そして、その背後にいるらしい上村肥前守盛次である。だから、上村が自分を消そうと考えたとしても不思議はない。

いや、いかにもそれでは早計というものだ。

それにつけても摂津屋の動きが気になる。上方の藩から銀札を買い取る。それは、摂津屋の考えなのか、それとも、上村の指図なのか。上村の指図としてそんなことをして一体どんな得があるというのだ。

商いのことは商人に訊くに限る。

源之助は日本橋長谷川町《はせがわちよう》に足を向けた。そこに昵懇の仲にある履物問屋杵屋善右衛門《きねやぜんえもん》を訪ねるのだ。

善右衛門は五代目、町役人《ちようにんやく》も務める分限者である。

店は既に大戸が閉じられている。裏手に回って木戸から庭を横切った。母屋の居間の障子が開け放たれ善右衛門がいた。絣木綿の単衣を着流し縁側に腰かけて涼んでいる。

源之助を見るとにっこりと微笑み立ち上がって頭を下げた。

「突然、お邪魔してすみませんな」

「なんの、退屈しておりました」

善右衛門は女中に麦湯を頼んだ。

源之助は絽の夏羽織を脱いで縁側に置き、並んで腰を下ろした。暮れなずむ空には明るさが残っているものの、紫や黒がかかっている。

蜩は鳴きやみ、夕風が爽やかに吹き抜けた。

「蔵間さま、お退屈なのではございませんか」

善右衛門は女中から麦湯を受け取り源之助に勧めた。

「いや、ま、それにも慣れました」

ここで奉行永田からの影御用のことをいくら善右衛門といえど話すわけにはいかない。

「今はあいにくと蔵間さまにお願いする影御用がございません」

善右衛門は閑職に回された源之助のために、密かに御用を持ってくるようになった。二人は影御用と呼んでいる。それがこのところ影御用がないという。それなら、それで平穏であることから結構なことである。

それに、善右衛門から影御用を依頼されても対処できない。

「善太郎は出かけておりますか」

「寄り合いに行っております」

「そろそろ店の切り盛りができるようになったのですな」

「まだまだですが、商人仲間の間に顔合わせくらいはしてもいい頃だと思いましてな」

「善右衛門殿も安心して隠居ができるというものです」

「蔵間さまのお陰です」

善右衛門の息子善太郎はかつて放蕩に身を持ち崩し、賭場《とば》に出入するようになった。やくざ者との付き合いが始まり悪の道に足を踏み入れようとした。源之助はやくざ者から善太郎を連れ戻し、更生の道を歩ませたのである。

「わたしはきっかけを与えただけ、あとは善太郎の精進《しょうじん》です」

「そうでしょうか」

善右衛門は言いながらもうれしそうである。

「ところで、銀札をご存じでありましょう」

「銀札……。上方のお大名が御領内で通用させる礼でございますか」

「そうです。杵屋では銀札や金札を引き受けたりはしますか」

「お出入りさせていただいております、お大名方から稀に金札での支払いといわれたことがございますが、丁重にお断りしております。なにせ、江戸では通用しませんから」

「言い方は悪いですが、江戸では紙切れと同じですものな」

「さようでございます。かりに、金札や銀札を受け取ったとしましても両替屋でも両替はしてくれません。ですから、あくまで金、もしくは銀、近頃は南鐐一朱銀という便利な通貨も出回っておりますので、それらでお支払いいただいております」

善右衛門はどうしてそんなことを訊くのだというように眉根を寄せた。

「大したことではないと思うのですが、摂津屋という両替屋が上方の大名が発行する銀札を買い取っているのです」

「ほう」

善右衛門は首を捻るばかりだ。

四

「それで多少気になりましてな」

「摂津屋さんは大坂が本店の本両替屋。上方のお大名方とのお付き合いもございましょう。掛屋《かけや》にもなっているでしょうね」

掛屋は大名が自領の年貢米を捌《さば》く業務を請け負う。大名たちは年貢米の内、自領で必要な分以外を大坂の蔵屋敷に運ぶ。大坂では堂島《どうじま》に米相場が立っている。蔵屋敷からは米切符が切られ、それを相場に持ち込んで米問屋との間で売買が行われる。

そうした業務一切を掛屋と呼ばれる商人が請《う》け負う。多くの掛屋は両替屋である。

「それだけ付き合いが深いということですな。だから、付き合い上、銀札を買い取っていると」

それでも疑念は消えない。

善右衛門は源之助の疑念に答えるように、

「たとえば、池田藩の銀札を大量に手に入れる。それを大坂の本店に送る。大坂の本店ではその銀札を使って池田の酒蔵から酒を買い取る。それを酒問屋に売る。つまり、銀札を買い取った三割の利鞘を稼ぐということでは」

「なるほど、そうすれば儲かるわけだ」

「塵も積もれば山、手数料も溜まれば大きな利を得ることになりましょう」

「そういうことでございますか」

源之助は山田から聞いた池田は酒所であり、剣菱は江戸でも好まれる名酒であるということを思い出した。いかにもありそうなことである。

と、すると、摂津屋はそれによって得た利益を上村肥前守盛次に賄賂として贈るということなのだろうか。

永田は勘定奉行の時、それを摘発しようとしたのか。両替屋が酒の売買に関わるというのはいかにも不正である。摂津屋は永田による摘発を察知し上村に相談した。上村は永田を勘定奉行から町奉行へ異動させ、摂津屋の危機を救った。

断定はできないが、可能性は大いにある。

「いや、よくわかりました」

源之助は感謝の言葉を述べる。

「なんの、こんなことでお役に立てたのでございましょうか」

善右衛門は首を捻った。

そこへ、

「ただ今、戻ったよ」

善太郎の明るい声がした。

善太郎は絽の夏羽織を暑い、暑いと言いながら脱ぎ、庭を横切った。手には紫の風呂敷包みを持っている。すぐに源之助に気がつき、

「これは蔵間さま」

と、頭を下げた。

「なかなか、様になってきたではないか。寄り合いだと聞いたが帰りが早いな」

「話し合いは終わりましたので。あとは、宴会です」

「宴会だったら一緒に楽しんでくればよかったじゃないか。おまえ、結構、いける口であろう」

「ですけど、酒席に出れば、それだけですまなくなります。やれ、芸者を呼べだの、場合によっては色里に足を向けるだの、とめどもない遊びに向かってしまうのです」

「これは驚いた。よくぞ申した」

源之助は心の底から誉めた。善太郎は顔に赤みが差して、

「まだまだでございます」

と、照れていた。

「あんまり、誉めないでください。図に乗ってしまいますから」

善右衛門は言ったものの、こぼれる笑みを押さえきれない様子だ。

「そうだ。蔵間さまがおいでになったので丁度いい。これ、料理屋から土産にもらってきました」

善太郎は風呂敷包みを縁側に広げた。黒漆塗りの重箱が現れ、善太郎が蓋を取ると鰻の香ばしい香りが鼻をついた。

「鰻、好物でしたでしょ」

すると善右衛門も、

「鰻とはいい。今年の夏は暑いですからな。鰻で精をつけないことには」

二人はまったくの好意で勧めているのだが、さすがにもう鰻を食べる気にはならない。

「ありがたいが、今日のところは結構だ。善太郎が食せ」

「わたしは料理屋で食べてきたのです。遠慮をなさらないでください」

「せっかくだがな」

源之助が口ごもると、善太郎は居間に上がり、

「こちらに置きますよ」

善右衛門は、

「さあ、どうぞ」

と、満面の笑みで勧める。

観念しようとした時、裏木戸から源太郎が三吉を伴い入って来た。源太郎は三吉をおぶっている。

「これは、源太郎さま」

善太郎が顔を向けた。源之助は縁側に出て、

「どうした」

源太郎は三吉を縁側に寝かせ、

「三吉の具合が悪くなりまして」

なるほど三吉は苦しげだ。源之助が三吉の額に手を置いた。

「凄い熱だ」

善太郎が、

「医者を呼んでまいります」

と、飛び出した。

「すぐに床《とこ》を延べましょう」

善右衛門は奥に引っ込んだ。

「どうしたのだ」

源之助は落ち着いて源太郎に訪ねた。

「実は、三吉の母を尋ねたのです」

源太郎は雑司ヶ谷の鬼子母神での出来事を語った。源之助は眉をしかめたが、何か言おうとした時に善右衛門が布団を運んで来たため口をつぐんだ。

「善右衛門殿、迷惑をおかけします」

「それより、早く、寝かせませんことには」

言いながら善右衛門は布団を敷いた。そこへ三吉を寝かせる。それを見届けた上で善右衛門は、

「このお子は」

と、不思議そうな顔をした。源太郎はちらりと源之助を見た。源之助は何も事情を告げずに善右衛門に迷惑はかけられないし、善右衛門なら信用できるとの思いから黙ってうなずいた。

「少々わけありなのです」

源太郎は三吉との出会いから三吉の母が老中上村肥前守の側室に召し出され、三吉は母を慕って上野《こうづけ》から江戸にやって来たことを話した。

善右衛門は黙って聞き、

「わかりました」

そう一言発したその表情は、絶対に他言しないことを無言のうちに語ってもいた。

「それで、雑司ヶ谷からの帰り、三吉は母を一目見たことで余計に母へ思慕が募ったのです。それきり、口をつぐんでしまいました。この近くまで来ると、歩くのもまま

ならない様子となりましたので、つい、杵屋殿を頼ってしまいました」

「手前どもならお気になさることはございません」

「かたじけない」

源太郎は頭を下げた。

「やはり、源太郎さまはお父上に似て、お優しい心根の持ち主ですね」

「甘いのですよ、万事につけ」

源之助は吐き捨てるように言った。

「そのようなことはございません」

善右衛門は源太郎を庇った。だが、それで源之助は納得することもなく不機嫌に顔を歪めた。そこへ、

「本村《もとむら》先生、こっちですよ」

善太郎が医者を連れて来た。本村と呼ばれた医者は恰幅のいい中年男で、顔が赤らんでいる。近づくと酒の匂いがした。

「よし、任せておけ」

言葉はしっかりしている。善太郎は薬箱を持って居間に上がった。本村は、

「どれどれ」

と三吉の額に手を置く。それから着物の胸をはだけ触診をした。外見からは想像もできない丁寧さで診断を終え、

「疲れが出たようですな」

なるほど、子供の足で江戸までやって来て、今日も炎天下に相当な距離を歩いた。母親に会うまでは気が張っていただろうが、顔を見たことで思慕の念が募り、緊張の糸が切れて疲れがどっと押し寄せたに違いない。

「今晩はぐっすり眠らせることですな」

本村は薬を置いてくれた。

第五章　老中の抗議

一

源之助は自宅に戻った。

戻ると久恵が、

「源太郎がまだ帰らないのです。昼過ぎに三吉を連れて出て行ったきりです」

久恵の心配はもっともだ。

源之助は大刀を鞘ごと抜いて久恵に渡し、

「心配いらん。源太郎は杵屋殿にいる。三吉も一緒だ」

久恵は驚きの表情となった。源之助は居間に入ると源太郎が三吉を連れ雑司ヶ谷村の鬼子母神を訪れたこと、帰途三吉が熱を出して杵屋で養生することになったことを話した。

久恵は戸惑いと心配の色を濃くした。源太郎の三吉への肩入れを危ぶんでいるのだろう。

「おまえが心配するように、少々、いや、大いに、源太郎の奴、足を踏み込み過ぎたものだ」

「この先、どうなるのでしょう」

「大事になるようなことはあるまい」

言ったものの源之助とて予測できない。源太郎の話だと上村家からは三吉がお道に会いに行くことのないようにと釘を刺されていた。それを源太郎は破ったことになる。

上村家から奉行所に抗議があっても不思議はない。

「まこと、大事には至らないのでしょうか」

久恵の心配は去りそうにない。

「ここで心配していても仕方あるまい」

「それはそうでしょうが」

「あいつも覚悟の上で行ったのだ。当然、その責任は負うべきであるし、その覚悟もあろう」

久恵はそれ以上口を開くことはとめどもない不安を募らせることになると思ったようで、それきり黙り込んだ。少しの間を置き、

「お食事にしますね」

「頼む」

反射的に返事をしたもののふと嫌な予感がした。

「まさか、鰻ではあるまいな」

言ってしまってから後悔した。

久恵は怪訝な表情で、

「違いますが、鰻がよろしかったでしょうか」

「いや、そういうわけではない」

「明日は鰻にしましょうか」

「いや、よい。当分よい」

源之助はあわてて言いつくろった。


明くる四日、源之助は同心詰所の横を通りかかった。

昨晩、源太郎は家に戻らなかった。杵屋で三吉の看病に当たっていた。格子窓の隙

間から源太郎が一人縁台に腰掛けているのが見える。源太郎はあくびを漏らしていた。どうやら、ろくに寝ていないようだ。

源之助と目が会い口をつぐむと表に出て来た。

「おはようございます」

「昨晩はろくに寝ておらんようだな」

「どうにか三吉は熱が下がりました。今日一杯、杵屋殿が預かってくださいます」

「杵屋殿に迷惑をかけてしまったな」

「申し訳なく思っております」

「三日もすれば、国許から迎えに来るのではないか」

源太郎は目を伏せた。

「どうした。三吉が帰るのが不満か」

「一言、母親と言葉を交わさせてやりたかったと思います」

「しかし、それでは、かえって、三吉の思いは募り、益々江戸を離れがたくなるものだ。このまま帰した方がいいのではないか」

「ですが」

源太郎は唇を嚙んだ。

「おまえの気持ちはわかる。だがな、私情に走るのは大概にしておけ」

「父上の申されること、ごもっともと存じます。ですが、やはりわたしには三吉が不憫でなりません。せめて、一言、母親と言葉を……」

「馬鹿な、自分だけのことを考えるな。おまえは見習いとはいえ、北町奉行所の同心なのだ」

源太郎はまだ何か言いたそうだったが、それきり口をつぐんだ。

「ならば、お役目に邁進せよ」

「承知致しました」

源太郎はしゃきっとすべく自らの頰を両手で打った。

源之助は居眠り番のある土蔵に向かった。引き戸を開けると暑気がこもり、もわっとした。引き戸を開け放しにして風通しをよくする。そこへ武山がやって来た。

源之助は無言で迎え入れた。

「何か動きがあったか」

武山は座るなり訊いた。

「少々、面白いことがありました」

「うむ」

武山は期待に顔を明るくした。

「摂津屋は上方の池田藩、伊丹藩から銀札を買い取っております」

「ほう」

武山はぎらりと目を光らせた。それから、おもむろに、

「で、そなた、それをどう思う」

源之助を試しているかのようだ。永年八丁堀同心を務めているのだ。そのくらいは見当がつくであろうとの底意地の悪さを感じなくもない。

「しかとはわかりませんが、考えられることと致しましては、摂津屋の大坂本店に買い取った銀札を送る。池田も伊丹も上質な名酒所でございます。名酒を銀札で買い取り、それを酒問屋に流し、利を得る、と」

杵屋善右衛門の受け売りを話した。武山は無表情でそれを聞き、

「なるほどのう。して、それで得た莫大な利はどうする」

と、更《さら》に意地悪な薄笑いを浮かべた。

「さて、商人が利を求めるのは当然のことと存じます」

「それはそうであるが、単に金儲けのためにそのような手の込んだことをするものか」

「御奉行は御老中上村肥前守さまが摂津屋の背後に控えておられると申しておられましたが、その辺のところと関わるのでございましょうか」

「そうであろうな。わたしは摂津屋が得た利の内のいくらかは上村さまに渡るものと考える」

武山は源之助から視線を外した。何か思案を始めたようだ。やがて、武山の眉間には憂鬱な影が差した。

「いかがされましたか」

「だが、しっくりこぬ」

武山は得心が行かないように首を二度、三度横に振る。

「わたしの考えは間違っておるとお考えでございますか」

「いや、間違っておるとは思わん。しかし、どうもなあ……」

武山の奥歯に挟まったような物言いはどうにも気になる。

「上村肥前守さまという御仁、非常な切れ者と評判だ」

「そのご評判は聞いたことがございます。二十五歳で寺社奉行、二十八歳で大坂城代、三十歳で西ノ丸老中、そして、三十三歳で御老中になられたと」

「そうじゃ。御老中となられてからは苦しい御公儀の台所を建て直そうと奮闘なさっておられる。そればかりか、海防にご熱心でもある」

海防に熱心というのは、近年、日本の近海に出没するようになったロシア、イギリスの船舶への備えということである。

「そのようなご立派なお方が賄賂など取るはずはないということですか」

「いや、そうではない。そなたも存じておるように、御老中ともなると、進物、付け届けは莫大なものだ。それを賄賂などと一々、揶揄《やゆ》することはない。老中職という権勢を手中にしている時にはそのことを誰もあげつらったりはしない。問題になるとしたら、失脚する時だ。それに、上村さまは賄賂やご身辺には慎重であられる」

「武山さまは摂津屋が銀札で利を占めようと企てているのは、上村さまへの賄賂ではないとお考えですか」

「賄賂ばかりではないという気がする」

「お言葉ですが、どのような切れ者でございましょうとも魔が差すということもございます」

源之助の脳裏にはお道の存在がある。上村は自分の領内から見目麗しい女を自分の側室として取り上げているのである。とても誉められたことではないだろう。源之助の表情に下卑たものを感じ取ったのか、

「こっちの方か」

武山も小指を立てるという下世話《げせわ》な真似をした。

お道のことは出さず、

「英雄色を好むと申します」

「吉原辺りの花魁《おいらん》を身請けでもすると申すか」

「たとえばですが」

「それが、上村さまには妙な好みがあってな」

武山は複雑な表情を浮かべた。果たしてしゃべっていいものかどうか躊躇《ためら》っている。

源之助はどう反応していいのかわからず、目を伏せていた。

武山は薄笑いを浮かべ、「構わんだろう」などと言い訳でもするように呟くと、

「上村さまはのう、卑賤の女を好むのだ」

「はあ……」

「吉原の太夫などという華やかな女は好まないというご評判だ。大坂城代をお勤めの時も新町の太夫や曽根崎新地の芸妓、遊女には目を向けなかった。だからといって女人に関心がないわけではない。関心があるのは、奉公の女中、しかも、子供を産んだことのある女というご趣味をお持ちなのだ」

武山は懸命に表情を消している。酒席なら下卑た笑いを交えながら物語る話題である。

まさに、お道のことではないか。

二

「それはまたどうしてでございましょう」

源之助は差し障りのあることと思ったが問わずにはいられない。

「こればかりは好みであるからなんとも申しようがないが、人によっては、神君家康公を見習っていると言う者もある」

「権現《ごんげん》さまをでございますか」

源之助はきょとんとした。

「畏れ多くも神君家康公は身分ある女子より、下世話な女子、それも子供を産んだことのある女子を好んだという。子を産むことのできる丈夫な女こそが側室にふさわしいとお考えのようであった。それと、身分が高くない者というのは……。ご正室であられた築山《つきやま》さまは今川義元《いまがわよしもと》の姪、おまけに家康公より年上であられた。その辺のところが家康公をして身分の低い、後家好みにさせたと言われておる。これは余計なことであったな」

武山は口を押さえた。

上村が家康を見習っているのかどうかはわからないが、好みからすればまさしくお道と合致する。

武山は改まった表情で、

「女のことはともかく、上村さまはご身辺に殊の外注意を払われておられる。金銭にも取り立てて貪欲ということはない。従って、何やら別に目的があるのかもしれんな」

と、戸口に人影が立った。

「蔵間殿、失礼する」

筆頭同心緒方小五郎である。緒方には内与力武山英五郎がいるとは予想外だったに違いない。一瞬口をあんぐりとさせたが、

「これは武山さま、失礼致しました」

踵を返そうとした。

「かまわん。ちょっと、名簿を見せてもらおうと立ち寄っただけだ。北町に勤務する

与力、同心はみな頭に入れておかねばと思ってな」

武山はさらりと言ってのけると腰を上げた。緒方は武山に向かって、

「御老中上村肥前守さまのお使者で水上次郎右衛門というお方が参られております」

武山の眉がわずかに動いた。だが、表情を変えることなく、

「わかった」

と、足早に出て行った。

緒方は源之助の前に座った。

「今、申しました水上さまの訪問目的は源太郎殿のことでござる」

それは予想できた。

「息子のこと、おらくは上村さまのご側室お道の方さまに関わることではございませんか」

「いかにも」

緒方は困惑の色を濃くした。

「申し訳ござらん」

源之助は両手をついた。

「源太郎殿とてよかれと思ってやったことなのでしょうが。これは、ちと」

緒方は困惑を隠しきれない。

「息子の不始末でござる」

「いや、不始末というほどではござらん。ただ、厳重なる抗議をしにまいられたようですな」

「どうか、存分に処分くだされ」

「処分につきましては、御奉行が判断されましょうが……。源太郎殿から話は聞きました。まさしく源太郎殿らしいと申しますか。三吉とか申す子供の願いを叶えてやりたい一心からの行いでしょう。そこには褒美があるわけでも、感状があるわけでもない。子供の母を慕う心根に打たれての純粋な気持ちで動いたようですな」

「緒方殿はまこと度量が広うございますな。息子の勝手なる振る舞いをそのように受け取ってくださるとは」

頭の下がる思いだ。

「悪事や不正に手を染めたわけではない。ただ、相手が悪うございましたがな」

緒方が苦笑を洩らした時、小者がやって来て緒方に耳打ちをする。緒方はにこり微笑み、

「おいでなすったようです」

と、覚悟を決めたように腰を上げた。

「ご面倒をおかけします」

源之助は威儀を正した。

「では、行ってまいります」

緒方は言うと足早に立ち去った。

思いもかけず上村と因縁ができてしまった。源太郎の振る舞いが奉行からの影御用に影響するのかどうか。

なんとも判断ができない。

強い日差しが土蔵に差し込み、部屋中が陽光で溢れた。今日も蟬が勢いよく鳴き出す。

「源太郎、信念を曲げるな」

そうつぶやくと大きく伸びをした。

源太郎は緒方と共に使者の間《ま》に入った。そこに水上次郎右衛門のいかめしい顔があった。武山もいた。内与力である武山が同席するということは、奉行水田正道の代理ということなのだろう。

「参上致しました」

緒方は両手をつく。源太郎も頭《こうべ》を垂れた。

「本日、参ったのは当家よりの厳重なる抗議でござる」

水上はわかっているなという目を源太郎に向けた。源太郎は逃げることなく正面からその視線を受け止めた。水上はおもむろに、

「そこにおる蔵間源太郎、当家よりの要請を無視し、ご側室お道の方の駕籠に狼藉《ろうぜき》を働いた。由々しきことでござる」

源太郎は臆することなく、

「お言葉でございますが、狼藉を働いたわけではございません」

「ほう、そう申すか」

「遥か上州より母を訪ねてまいった三吉のために、一目、母に会わせたかった。その一心からしでかしたことでございます」

「なにを」

水上は眉を吊り上げた。

「もちろん、上屋敷にて会うことまかりならんと申し渡されたことは事実。それを了承致しましたこともまた事実でございます。その約束を違《たが》えたことの責めは負わねば

ならないと思います」

　源太郎は胸を張って答えた。

「武士として約束を違えるとは大いに問題なのではないか」

　水上は居丈高《いたけだか》となって緒方を見た。おまえはどういう教育をしているのだと言いたいようだ。緒方は、

「約束を違えたことの責めを負うべきとは存じますが、蔵間の行った所業、それほどの悪事とは思えません」

「これは異なことを申すものじゃ。見習いが見習いなら筆頭同心たる上役も上役。御奉行もさぞやご苦労をなすっておられるだろうな」

　水上は今度は武山に向いた。

　武山は神妙な顔をしていたが、

「御老中も……」

と、ここで一旦、言葉を区切りけたけたと笑い声を上げた。予想外の武山の所業に水上は呆気に取られていたが、

「何がおかしいのじゃ」

と、どす黒く頰を膨らませた。

「いや、失礼申しました」

武山は慇懃無礼とでも言うような馬鹿丁寧な所作で両手をついた。源太郎も緒方も意外な成り行きに黙り込んだ。

「肥前守さま、大変に失礼ながら、御領内の庄屋とは申せ百姓の女房をご側室になさったのですな」

武山は満面に笑みをたたえることで上村の行いを批判した。水上はばつが悪そうに横を向く。武山は追い討ちをかけるように、

「思うに今回のこと、確かに蔵間の所業は少々行き過ぎたものがあったとは思います。しかし、それは三吉なる子供の母を慕う気持ち、いわば孝行にうたれて行ったことでございます。孝行は御公儀も奨励しておる人の道でございます。それに、お道の方さまのご参詣を邪魔立てをしたわけではなし。今回のことは三吉の孝行心に免じてお目こぼしをなさるのが、天下の政を担う老中たる者の度量を示すことになると存じます」

武山の物言いには水上に対する遠慮も畏れもない。

水上は言葉を詰まらせ、

「それではいかにも……」

　すると武山はそれを遮り、

「今回のこと、肥前守さまはご立腹でございますか」

　水上は素知らぬ顔で、

「いや、今回のことはあくまでお道の方さまの警護を担《にな》う者としての抗議でござる」

「そうでありましょうな。老中たる者がそのような些細なことで一々目くじらを立て、がんぜない子供を責めたとあってはご評判にかかわると申すもの」

　武山は源太郎と緒方に向いた。二人は神妙な顔で控えている。

「とにかく、二度とこのような事態にならぬようお願いする」

　水上は形成が不利に傾き渋面《じゅうめん》を作った。

「承知致しました」

　源太郎は頭を下げた。

「国許より三吉の父茂吉が上屋敷にまいった。後ほど、こちらを訪れるゆえ三吉を引き取らせせよ」

　水上は威厳を保つように言った。

「これはまた早うございます」

　源太郎が首を捻ると、

「茂吉は三吉がいなくなり、江戸に向かったのではないかと見当をつけたそうだ」

「それで、追って来たということですか。わかりました。必ずや申されたように事を運びます」

緒方が言う。

「ならば、武山殿、御奉行によろしくお伝えくだされ」

水上は憮然と腰を上げた。

「承知しました」

武山は深々と頭を垂れた。

三

水上が出て行ったのを見てから、

「申し訳ございませんでした」

源太郎は武山に両手をついた。緒方も礼を述べる。

「なんの、あの水上という男、まったく底意地の悪い男だ。それにしても蔵間、まこと親父に似て正義感の強いことだな」

武山は感心したようにふんふんとうなずいた。

「その点は折り紙つきでございます。御奉行への報告はいかに致しましょう」

「それはわたしから行う。おそらくは、それほどのお咎めはないだろう」

「かたじけのうございます」

緒方が頭を下げると源太郎も頭を垂れる。

「さて、名簿の続きでも見るか」

武山は独り言のように呟くと使者の間から出て行った。

「一安心じゃな」

緒方は笑みをこぼした。

「武山さまがよくぞ庇ってくださったものです」

「さすがは御奉行の信頼厚い内与力さまじゃ。水上さま相手に一歩も引くことはなかった」

「おかげさまで糾弾されずにすみました」

「御奉行もさほどの厳しい沙汰はなさるまい。が、今後は行動は慎めよ」

「承知しました」

「いやあ、肝を冷やしたぞ」

緒方は笑顔を浮かべた。

そこへ小者がやって来て、

「上野国岩野村の庄屋で茂吉という男がやって来ました」

「わかった。詰所に通せ」

緒方が命じると源太郎の表情は引き締まった。

「では、茂吉を三吉の下に連れて行ってやれ」

「わかりました」

源太郎はともかくこれで一件は落着するものと思うと安堵の気持ちに包まれた。母と言葉を交わさせたかったことは心残りではあるのだが……。

「さて、今日も暑いな、わしはこれから町廻りに出る。茂吉のこと、頼むぞ」

緒方もすっかり安堵の表情だ。

源太郎は詰所に入った。

茂吉らしき男が立っていた。源太郎が入って行くと深々と頭を下げる。

「よい、よい、まずは茶など」

源太郎が言うと、

「いいえ、そういうわけには」

上げた顔は真っ黒に日に焼けていた。そこに覗く真っ白な歯が目立っている。身体つきはがっちりとしており、太い眉と力のある目をし、鼻筋も通り、よく見るとなかなかの男前といえた。それに逞しさを感じる。

源太郎は茂吉のことを、いくら領主の命令とはいえ自分の妻を領主に差し出したことから、もっとなよなよとした男を想像していただけに意外な思いがした。

「このたびは三吉のことでずいぶんとご迷惑をおかけしてしまいました」

茂吉は言葉遣いもしっかりしていた。

「三吉、よほど、母に会いたかったのだろう」

「では、三吉と一緒にお道に、いえ、お道の方さまを訪ねた同心さまはあなたさまですか」

「そうだ。蔵間源太郎と申す」

「三吉が行き倒れになったところを助けてくださったそうで、まことにありがとうございます」

「当たり前のことをしたまで。礼を言われるほどのことではない。では、三吉の所へ案内するぞ」

「お願いします」

茂吉は振り分け行李《ごうり》を肩に担いだ。

日輪を眩しげに見上げ、

「お江戸も暑うございますな」

「上州も暑いであろう」

「お江戸は海が近い分、風が涼やかのような気がします。上州は暑さが籠ると申しましょうか。夜になっても生暖かい風で、いつまでも暑気が去ってくれません」

「温泉が豊富にあると聞いたことがある」

「温泉はたくさんございます。冬になると、山奥の隠し湯での湯治《とうじ》を年寄りの中には楽しみにしておる者もおります」

「茂吉は両親はおるのか」

「爺さんは昨年、婆さんは三年前に亡くしました」

「それは寂しかろうな」

「まあ、慣れましたので」

二人はそんな世間話をしながら道を行く。ところが、源太郎の心の中には女房を領主に差し出したことのもやもやが依然として横たわっている。そのことをなるべく悟られぬように、ことさら明るい話をした。

源之助は武山の訪問を受けた。

「源太郎、しっかりした若者ではないか」

武山は水上の来訪について語った。源之助はひたすらに恐縮し、

「それはご配慮、痛み入ります」

「なんの、あれくらいのことを言ってやらねば。いくら御老中のお使者とて舐《な》められてはいかん」

「それはお勇ましい」

「それに、御奉行からも安易にへりくだってはならんと釘を刺されておった」

「御奉行は上村さまとの対決を覚悟なさっておられるのですか」

「対決というわけではないが、要するにいくら老中とて自分の職分を理不尽には犯させないという決意であるな」

「御奉行にご迷惑がかからねばよろしいのですが」

「気の弱いことを申すでない。おまえは引き続き、摂津屋と上村さまの企みを探るのだ」

「承知しました」

源之助が頭を下げたところで武山は思わせぶりな笑みを浮かべ、

「それにしても、さすがは蔵間源之助じゃのう」

「いや、いかがなさいました」

「隠さんでもいい」

「隠し事など致しておりませんが」

「わかっておる。御奉行も誉めておられたぞ。摂津屋探索と同時に上村肥前守の身辺を探るとは、さすがは蔵間だとな。しかも息子を使って」

「いえ、それは……」

それは誤解だ。

お道の一件は、偶然にも源太郎が三吉を助けたことによる。自分は一切、指図していない。源太郎とて上村を探索するつもりなどさらさらない。それを武山も永田も誤解しているのだ。

「よい、よい。目端《めはし》が利くことは重要なことだ。おまえのせっかくの探索を御奉行とて見て見ぬ振りはできない。何らかの手助けをせねばとお考えであった。よって、水上何某の抗議に対して一歩も引くなとおおせだった」

「それはそれは、かたじけのうございました」

源之助はここまで言われては黙っていることにした。

「では、引き続き頼むぞ」

武山はそう言いおいて意気揚々と引き上げて行った。

「ふ〜」

ため息が洩れた。

なんとなく、もやもやとした気分を晴らしたくなった。源太郎の様子でも見てやるかと土蔵を出た。木陰を選んで歩き、詰所に達した。見ると誰もいない。源太郎も出かけたようだ。

なんとなく寂しい気持ちになった。ぼうっとしていると、牧村新之助がやって来た。その表情は目がちかちかとしている。

「これは蔵間さま」

「どうした、何かあったのか」

言ったそばから京次もやって来た。京次はきびきびとした動きでやる気を全身から際立たせていた。

「何かあったのか」

もう一度問いかける。源之助の全身に血がたぎってきた。本能が大きな事件が起きたことを告げている。

「殺しです」

新之助が言う。源之助は目を凝らし、先を促す。

「殺されたのは盗人。殺された場所は新両替町一丁目の摂津屋。下手人は用心棒の井上清十郎です」

「摂津屋だと」

思わず大きな声を出してしまった。

「蔵間さま、摂津屋をご存じで」

京次が不思議そうな顔を向けてくる。

「摂津屋と申せば本両替屋だ。縁はないが名くらいは知っておる」

「今、井上を南茅場町《かやばちょう》の大番屋に移したところです」

新之助が言った。

「盗人を殺したというのはどういうことだ」

「昨晩遅く、摂津屋の金蔵に盗人が侵入したのでございます。それを見つけた井上はその場で成敗したということなのです」

「確か先月も盗人が押し入ったのだったな」

源之助は腕を組んだ。

「それも井上に成敗されました。摂津屋からは井上を解き放つよう申し入れてきております」

「それは当然であろうな」

源之助が答えると新之助は京次に視線を投げた。京次はうなずくと懐から手拭いを取り出した。そこには細かに折り畳まれた短冊のようなものが二つある。

「銀札か」

源之助が言ったように池田藩と伊丹藩の藩札であった。

四

「よくご存じで」

京次は意外な顔をした。盗人の手の中に握られていたという。

「それで、盗みの状況はどのようなものだった」

訊いてから源之助は口をつぐんだ。そして、

「いや、これは立ち入ったことを訊いてしまったな。居眠り番のわたしの出る幕ではない」

「何をおっしゃっているんですよ。実は、蔵間さまのご意見でも聞こうかなんて話していたところなんですから」

「そうは言ってもな」

源之助は差配違いのことが脳裏をかすめる。

新之助はにっこりとして、

「大丈夫です。今、緒方殿に会ったのです。それで、蔵間さまのご意見を聞くことを了承いただきましたので」

「そうか」

そう言われるといささかほっとした。

「それで、奇妙なことがあるのです」

新之助は声を潜めた。

「どうした」

「盗みの様子なのです」

新之助が言うには盗人は金蔵に入ったものの千両箱には手をつけておらず、専《もっぱ》ら銀札を狙ったようなのだという。

「千両箱はあらされていなかったのか」

千両箱は脇に置かれていたが、そこに手をつけた様子はなかったという。

「どうして銀札なんぞという紙切れを盗んだんでしょうね」

「今は何とも言えぬな」

「これから、大番屋に行きます。摂津屋徳兵衛にも来るように言ってありますので、おっつけ来ると思うのです」

「ならば、わたしも行ってそなたの吟味の様子を聞いてみよう」

「お願いします」

「なに、どうせ、暇だ」

源之助は自嘲気味な笑みを洩らした。

「でも、うれしそうですよ」

すかさず京次が言う。

「そんなことはない」

「いいえ、やはり、探索となると血が騒ぐのでしょう」

京次が言うと新之助もさもありなんというようにうなずく。

「大番屋か、久しぶりだな」

暑さが忘れられるほどに全身の血がたぎった。


一方、源太郎は茂吉を伴い杵屋にやって来た。

「ここで三吉を預かってもらっている。昨日、少々熱を出してな。無理もない。幼い身体、無理してこの暑いのに歩き回ったのだから」

「それはとんだご迷惑を」

「ここは、非常に親切な人たちだから、医者を呼んでくれ養生させてくれた。今朝には熱が引いておったから、今頃は元気になっているだろう」

源太郎は茂吉を案内し裏手に回った。

「御免」

庭に入って大きく呼ばわった。善太郎が現れた。

「これはようこそ、おいでなされました」

「三吉の父茂吉だ」

源太郎に促され茂吉はぺこりと頭を下げ、

「三吉がお世話になりましただ。ずいぶんとご迷惑をおかけしたようで、申し訳ねえです」

「どうぞ、頭を上げてください」

言いながら善太郎は奥へと向かう。源太郎と茂吉は居間に上がった。ほどなくして、

「あれ」

と、首をかしげながら善太郎がやって来た。

「どうしたのだ」

源太郎の問いかけに、

「それが……。三吉の姿が見当たらないのです」

「厠《かわや》へでも行っているのではないか」

言いながらも源太郎は嫌な予感に晒《さら》された。ひょっとして、三吉は一人で母に会いに行ったのではないか。

その予感を打ち消すように、

「もっと、探してくれ」

「わかりました。探しますんで、こちらでお待ちください」

善太郎は奥へと戻って行った。茂吉がはらはらしているのがわかる。源太郎とて一緒に探したい気持ちだが、いくら親しいとはいえ他人の家だ。家捜しするわけにはい

かない。

「座って待とう」

源太郎は縁側に腰掛け茂吉を横に招いた。茂吉は腰を下ろすなり、

「おら、女房を殿さまに差し出しました」

源太郎は茂吉の思いがけない独白に驚きの目を向けた。

「さぞや、辛かったであろうな」

慰めにもならないと思ったが、そう口に出さずにはいられなかった。茂吉は弱々しく首を横に振り語り出した。

「二年前の秋でした。その年は野分《のわき》が多かったのです。せっかく、丹精を込めて育てた稲は半分ほども刈り入れができませんでした。村では餓える者が多数出ました。大勢の年寄りや子供たちが食べ物を求めながら死んでしまいました。わたしは……」

ここで茂吉の目は涙で真っ赤に染まった。

「わたしは、お代官さまに年貢を減らすこととお救い米を願い出ました。後日、お代官さまから、返事が来ました。お殿さまは、ご了解くださいました。但《ただ》し、一つ条件があったのです」

茂吉はわっと泣き出した。

それからは聞かなくても見当はついた。茂吉の願いは妻お道を上村盛次に差し出すことを条件に了承されたのだろう。

果たして、源太郎の想像は当たっていた。

茂吉は女房を領主に差し出した卑怯者などではなかった。それどころか、自分が犠牲となり、村人を救ったのだ。

「見上げたものだ。実に立派だ」

心の底からそう言った。

「立派じゃありません。わたしがお道を殿さまに差し出したことで三吉は母を失いました。お道は息子と引き裂かれたのです」

「でも、それは、村人のため……」

「そうです。でも、わたしは女房を守れなかった男です」

茂吉は涙を啜り上げた。

そこへ善太郎が戻って来た。その慌てた様子と蒼ざめた顔を見れば三吉が見つからないのは明らかだ。

「おらんのか」

「すみません。わたしが、目を離しました」

善太郎はおろおろとした。

「三吉、いないのですか」

茂吉は腰を上げた。

「すみません」

善太郎は茂吉に頭を下げる。茂吉はきょろきょろと辺りを見回したが、それで三吉を発見できるわけもなく源太郎に視線を預けた。

「しかと確かめたのだろうな」

三吉のいないのは明らかなのだが、そう訊かずにはいられない。

「何度も探したのですが」

善太郎は途方に暮れているようだ。

「頼む」

源太郎は言いながら思案した。

三吉は鬼子母神に向かった可能性が高い。ならば、即座に追いかけるべきだ。奥に引き返そうとした善太郎に、

「最後に三吉を見かけたのはどれくらい前だ」

「そうですね……。四半時ばかり前でしょうか」

四半時の差なら追いつくか。
源太郎は茂吉を見た。

第六章　奇妙な盗人

一

源之助は新之助と京次を伴い南茅場町の大番屋にやって来た。

大番屋で罪人の本格的な吟味が行われ、罪状が確定すると小伝馬町の牢屋敷に送られる。それから、町奉行所の白州《しらす》に呼び出されて沙汰を申し渡されるという流れだ。

大番屋の前には木柵で囲んだ砂地があり、そこに突棒《つくぼう》、刺股《さすまた》、袖絡《そでがらみ》といった捕物道具が大仰《おおぎょう》に立てかけられている。それを見ただけで気の弱い者などは怖気《おじけ》づいてしまうだろう。

三人は大番屋に入った。土間があり、その向こうに小上がりになった板敷きがある。板敷きの奥には襖があり、そこは畳敷きの座敷になっていた。源之助はその座敷に入り、そこから井上取調べの様子を窺うことにした。この暑いのに襖を閉めてはさぞや暑かろうという気がするのだが、ここは我慢だ。

源之助は奥の座敷に入って襖を閉じた。仮牢から井上が引き出されて来た。源之助はわずかに襖の隙間を開けた。

井上は後ろ手にされ縄を打たれて土間に座らされた。凶暴そうな眼差しで周囲を見渡し、いかにも不服そうに頬を膨らませている。京次が井上の縄を持って控え、新之助は板敷きに上がって井上を見下ろした。

「その方」

新之助が取調べを行おうと口火を切った途端《とたん》に井上は、

「事情は先ほど申したはずでござる。わしは、摂津屋殿に雇われておる用心棒。盗人に入られたら、それを成敗するのは当然である」

と、顔をしかめながら堂々と言い放った。

「では、殺害に至る経緯を申し述べよ」

これにも井上は顔をしかめ、

「ですから、それも先ほど申したはずでござる」

「ここはお上の取調べの場である。何も貴殿を罪人として処罰するのではない。貴殿が申すことをきちんと書き留めておくのだ。自分に非がないと思うのなら堂々と申し立てよ。それによって、解き放ちということも考えられる」

新之助は井上の傲岸不遜《ごうがんふそん》な物言いに心乱されることなく冷静に申し述べた。

井上は不貞腐《ふてくさ》れたように薄笑いを浮かべると、

「昨晩、夜五つの鐘が鳴った頃でござった。わしは、厠へ行こうとした。すると、土蔵の引き戸がわずかに開いていた。妙だと思い、土蔵を覗くと、盗人がおった。盗人を見つけた以上、見過ごしにはできん。召し取ろうとも思ったが、相手は匕首《あいくち》を抜いて応戦してきた。それで、やむを得ず、成敗したという次第」

井上は何処が悪いんだと言いたげに新之助を見上げた。

「それはもっともであるな」

新之助が言うと井上は我が意を得たりとニヤリとした。

「わが身の潔白がおわかりいただけたかな」

「一つ、訊きたい」

新之助は目元を厳しくした。

「なんでござる」

井上は目に警戒の色を浮かべた。

「盗人であるが、現場を取調べたところ千両箱には一切、手をつけず、池田藩の銀札を手にしておった。これは、いかなることであろうな」

新之助は井上を睨んだ。

井上は薄笑いを浮かべ、

「それはわしに訊かれてもな。盗人に訊いてくれ、といっても死人に口なし、今更、どうしようもないか」

と、大口を開けて笑った。

「お静かに願います」

京次は縄を引っ張った。井上は振り返りぎろりと京次を睨んだ。京次も負けじと睨み返す。井上は、

「ともかく、わしは用心棒としての本分を尽くしたにすぎない。何ら後ろ指を差されることなどしておらんのだ。盗人が千両箱を盗もうが銀札を盗もうが、盗みに入った以上、それを成敗するのが当然ではないか」

井上は正義は我にありとでも言いたげだ。いかにも正論である。新之助もこの正論に対しては反論の余地はない。

「先月にも盗人に入られ……」

井上は新之助の問いかけを遮り、

「それも今回と同様。用心棒の本分を尽くしたまで。あの時は、何ら詮索をされなかった」

まるで捕らえられたことを非難している。そこへ、

「失礼します」

と、入って来たのは摂津屋徳兵衛である。上等な紬の着物を着流し、絽の夏羽織を重ねている。井上は百人力を得たと思ったのか笑顔で、

「摂津屋殿、身の潔白を申してくだされ」

徳兵衛は善人そのものの温和さで、

「お役人さま、ただちに井上先生のお解き放ちをお願い申し上げます」

「今、取調べを行っておるゆえおっつけ」

新之助が返したのを徳兵衛はやんわりと制止して、

「これを」

と、一通の書付を差し出した。新之助はそれを受け取り素早く目を通した。目元がしかめられた。

「そこに書いてございますように、吟味方与力内藤主水《ないとうもんど》さまより、お解き放ちのご許

可を得てございます」

徳兵衛は笑みを浮かべているものの目は笑っていない。吟味方与力が許可した以上、これ以上井上を拘束することはできない。

「あいわかった。摂津屋徳兵衛が井上殿の身元引受人となることで解き放とう」

「ありがとうございます」

徳兵衛は破顔した。

「早く、この縄を解け」

井上は肩を揺すった。その居丈高な物言いは勘に触るものだったが、京次は怒りをぐっと堪えるように唇を嚙み、井上の縄を解いた。井上は縄が解かれると大きく伸びをして、

「これですっきりした」

徳兵衛は、

「井上先生、本当にご苦労さまでした。今晩はご馳走を用意します」

「それは、かたじけない。池田の名酒も膳には加わるのだろうな」

「もちろんですとも」

「では、手続きをしますのでこちらへ」

新之助は徳兵衛を導き、奥の座敷に入った。そこに源之助がいた。源之助は手拭いで噴き出る汗を拭いながら、

「これは、摂津屋殿」

徳兵衛は訝しげな表情を浮かべ、

「先日、お越しくださいました蔵間さまでございますね」

「いかにも。先日は無理なお願いをして申し訳ない」

「いいえ、手前どもこそお役に立てず申し訳なく思っております」

徳兵衛は慇懃に頭を下げた。

「ところで、ちと、訊きたいことがあるのだが、よろしいか」

源之助はあくまで丁寧だ。

「お取調べでございますか」

「そんな大それたことではない。両替屋というものに多少なりとも興味を持ったのだ。ほとんど知らずにおったから、先日のような無理をお願いしたと悔いておる」

「手前でお話しできることでしたら、なんなりと」

徳兵衛は慎重な物言いだ。

「今回の盗人、手には銀札が握られておった。千両箱には手をつけずにじゃ。これは

どうしたことであろうな」

「盗人の考えなど手前にはわかりません」

徳兵衛は井上と同じことを答えた。

「では、こう訊く。銀札というものは小判よりも値打ちがあるものか」

「さて、それは」

徳兵衛が答えるのを躊躇《ためら》っていると、

「どうなのだ」

源之助はやや強めに訊いた。

「お大名にもよりますが」

「池田藩、伊丹藩だ。盗人の手の中に握られていたのはこの二藩の銀札であった。そして、摂津屋ではこれらの銀札を多量に買い取っておるようだな」

「手前どもは大坂に本店がございますので、お付き合いもございますからな。お問い合わせの小判と銀札の値打ちのことでございますが、これはもう申すまでもなく小判に値打ちがあります。銀札はあくまでそのお大名のご領内でしか通用しませんから」

「そうであろう。とすれば、盗人はどうして銀札を盗んだのか。いや、そなたは盗人の心などわからんと申すであろうが、その辺のことがどうしても気にかかる」

「では、こう考えてはどうでしょう。盗人は池田藩、伊丹藩のご領内の者、あるいはご領内で使うつもりだった」

「わざわざ、上方まで旅をして銀札を使うほど値打ちがあるものか」

「盗めば銀札はただで手に入るのでございますからね。ただでご領内の品物が手に入るのでございます」

「それなら、小判の方がよほど使いでがあろうに」

源之助は顎を掻いた。

「さようでございます。手前にもよくわかりませんな」

徳兵衛は薄く笑った。

二

「ところで、摂津屋はどうしてそのように多量の銀札を買い取っておるのだ。単に大坂本店と付き合いがあるからなのか。聞くところによると三割引きで買い取っておるようだが」

「それは、そうですが」

「今、小耳に挟んだのだが池田の名酒で一杯やるそうだな。池田の名酒が手に入るのか」

「大坂の本店から地元で買ったものを送らせておるのです」

徳兵衛は汗ばんだ顔を手拭いで拭った。

「たとえば、買い取った銀札でもって池田で剣菱を大量に買い取る。そして、それを酒問屋に売る。こうしたことは考えられぬか」

「さて、それは、確かに儲けは出るでございましょうが、あくまで手前どもは両替屋でございます。酒問屋ではございません」

「だから、儲け話としてはどうかと訊いておるのだ」

「面白い話でございますが、手前どもはそのようなことはしておりません。今後も致しません」

徳兵衛としてはあくまで白《しら》を切る他ないのだろう。

源之助が身を乗り出すと、

「重ねて尋ねるが」

「これはお取調べでございますか」

徳兵衛は不満そうに手拭いを忙しく動かした。

「いや、そうではない」

その言葉を聞くか聞かない内に、

「では、これにて失礼致します」

徳兵衛は腰を上げた。いくらなんでも、これ以上強引に訊く手立てはない。

「さあ、井上先生、お待たせ致しました」

徳兵衛は殊更に明朗な声を出した。

「待ったぞ」

応じる井上も明るい。

「今晩は剣菱で一杯やりましょう」

徳兵衛は皮肉たっぷりな言葉を残して出て行った。

「なんとも嫌な野郎でしたね」

京次が言った。

「まったくだ。あれで、情け深い両替屋という評判を取っているのだからな」

新之助も応じる。

「ですから、世間の評判なんてものは当てにならないってことですよ。その評判の下にある素顔を知ればね」

新之助がうなずいたところで、

「どうもなあ」

源之助が出て来た。

「どうしました」

新之助は訊く。

「摂津屋では先月にも盗人が入った。その時も井上が斬り捨てた」

「そうでした。ですから、今回は見過ごしにはできず引っ張ったってわけなのですが」

新之助も困惑している。

「前回の盗みも金額の被害はなかった。もっとも、被害が出る前に井上が斬り捨ててしまったのだが」

「蔵間さまは、この盗みの裏に何かあるとお考えなのですか」

「銀札がからんでおると思う」

「摂津屋が銀札の買取額と額面の金額の差額を利用して酒を大量に買い取るということを企んでいるというのはわかります。ですが、蔵間さまが疑問に思われたように盗人が銀札を狙ったというのがどうにも解せません」

「そうであろう、わしもじゃ」

「一体、どんなことがあるんでしょうね」

「わからん」

源之助は困ったように眉をしかめた。京次が溜まりかねたように、

「あっしが忍び込んでみましょうか」

新之助が目を剝いた。

「それは駄目だ。忍び込むことはしてはならんが、しばらく、様子を窺ってくれ」

源之助は言ってから、

「おおっと、居眠り番の自分が言うべきことではなかった」

遠慮がちに言い添えた。新之助が改めて、

「ならば、摂津屋の動向、とく調べてくれ」

「承知しました」

「なんだか、すっきりしませんね。すっきりしないといえば、盗人の素性、知れないんです」

「昨晩のことではすぐにはわからんだろう」

「それが、先月の盗人もなんです。これまで、色々と盗人を当たってみたんですがね、

さっぱり素性が知れないんです」

　すると京次が、

「やはり、上方からやって来たんですね」

　これには新之助が、

「わざわざ上方からやって来て銀札を盗んだというのか」

「考えればおかしな話ですがね、盗人の素性が知れないってことを見れば、そんなことも考えられるわけですよ」

「まあ、それは、そうだが」

　新之助はうなずいたものの納得できないようだ。それは京次も同じことであるのはその不安そうな表情を見ればわかる。二人は源之助に視線を投げかけた。

「確かに妙だ」

　と、言ったところで再び引き戸が開いた。そこに現れたのは内与力武山英五郎である。新之助と京次は、

「では、これにて。さっきのこと調べてみます」

「そうじゃな」

　源之助も出て行こうとしたが、

「蔵間、ちょうど良かった。大番屋とはどんなものか見にまいったのだが、おまえがいるとは心強い。ちょっと、説明してくれぬか」

武山の意図が源之助と二人になりたいということは手に取るようにわかる。

「承知致しました」

源之助はうなずいた。新之助と京次は外に出た。

「さて」

武山は大番屋を一回りしてから、

「何か食べよう」

と、外に出た。源之助も続く。武山は右手を額に置き庇を形作って空を見上げ、

「何か、涼やかなものがよいが」

独り言を呟いていたが、やがてはっとしたように、

「心太《ところてん》でも食べるか」

足早に葦簾《よしず》張りの茶店に入った。店先には風鈴が飾られ涼しそうな音色を聞かせている。二人は並んで縁台に腰かけた。葦簾が日輪の日差しを遮り、脇に植えられた柳がいい具合に日陰を作ってくれていた。

「摂津屋にまたも盗人が入ったそうだな」

武山はいかにも茶飲み話のような調子である。源之助は心太を頼み、

「それで、またしても摂津屋の用心棒が斬り捨てました。妙なことに盗人が手にしていたのは池田藩と伊丹藩の銀札でした。千両箱には目もくれないでです」

武山はいかにも面白そうにうなずいた。

「盗人は銀札に目をつけて盗みに入った。いかにも妙な盗人でございます」

「そこに何か企みがあると思うのじゃな」

「いかにも」

「池田藩、伊丹藩、いずれも上方、大坂に近い」

武山が言ったところで心太が運ばれて来た。武山は手に取り、

「大坂といえば、大坂の心太は江戸とは風味が違う」

「鰻も違うとか。やはり、食べ物とは土地、土地の倣《なら》いというものがあるのでしょう」

源之助は心太を頭上に掲げた。黒甘酢がかかり、心太は透けて見える。

「大坂では甘いのだ。蜜や砂糖をかけるのでな」

「それはまた奇態なものでございますな」

言いながら箸一本で心太を掬《すく》い上げた。酸っぱさがなんとも心地良く、乾いた口の

中にはありがたい。この味が甘いと想定してみる。首を傾げてしまう。

それを見た武山はおかしそうにくすりと笑い、

「砂糖では合わないと思っておるだろう」

「正直申しまして」

「それがな、わしもそう思って食べたのじゃが、それはそれで美味いものでな。やはり、土地、土地の食べ物というものは、その風土に合っておるのだろう」

「なるほどそういうものですか。わたしは、ほとんど江戸から出たことがございませんので、江戸の食べ物が舌に馴染み、当たり前になっております」

「それは無理からぬことだ」

武山は美味そうに心太を啜り上げた。あっという間に食べ終わったところで、

「盗人は盗人にあらず、公儀御庭番だ」

と、ぼつりと言った。

「さようでございましたか」

そう聞いても源之助は驚きはしなかった。そんな気がしていた。

「御公儀が何故、摂津屋を探索しておるのですか」

「それだがな」

武山は一旦、口をつぐんだ。

三

「御公儀御庭番は御側御用人《おそばごようにん》が動かされる」

「ということは水野出羽守忠成《みずのでわのかみただあきら》さまが摂津屋探索に動かれておられるということですか」

「そういうことになるな」

「一体、摂津屋にはどんな秘密があるのですか」

「摂津屋ではない。摂津屋はいわば、走狗《そうく》だ」

「やはり、御老中上村肥前守さまということでございましょうか」

「そうだ」

「御公儀は、畏れ多くも公方《くぼう》さまは、上村さまをお疑いなのですか」

「いや、そうではない。幕閣の中で上村さまのやり方を面白くなく思っておられるということのようだ」

「すると……」

あまりに雲の上の話すぎて思案がまとまらない。

「それ以上のことはわたしにもわからん。だが、御庭番を入れたということを御奉行は水野さまから知らされた。摂津屋にこれ以上盗人の詮索をさせないようすぐに井上を解き放ったということだ」

「それで盗人の素性が知れなかったのですね」

「そういうことだ」

「では、摂津屋の銀札買取りは上村さまのお指図でやっておるということですか」

「そういうことになる」

「池田の剣菱の買占めではないのでございましょうか」

「そのことだ」

武山は喉が渇いたと冷たい麦湯を頼んだ。源之助も頼む。

「実は、その辺のことは御庭番が調べたようだ。つまり、摂津屋の大坂本店が池田の剣菱を買い占めるが如き動きを見せているかどうかということをな」

「いかがでしたか」

「そのような動きは見られなかった」

軽い失望と深い疑念が湧き起こってきた。

「だから、ここはおまえ、しかと頼むぞ」

武山は切れ長の目を向けてきた。

「はい」

強く答える。

武山は頰を綻ばせ、

「考えてみよ。公儀御庭番にも探し出せなかった企みだ。それを暴いたとなれば、おまえの評価は磐石《ばんじやく》だ。与力昇進も確実なものとなるぞ」

そうなのだ。

与力昇進がかかっていた。そのことを忘れていた。いや、忘れていたわけではないのだが、頭の隅に追いやられていた。一旦、影御用に入ると夢中で邁進してしまう。褒美だの昇進だのは二の次というのが実際のところだ。

確かに御庭番も探り出せなかったものを暴き立てたということになれば、大きな手柄であることには違いない。だが、それだけ危険な役目であることも確かだ。

御庭番が二人も命を落としているのだ。あの浪人、相当の使い手であろうし、警戒も厳重なのに違いない。浮かれている場合ではないのだ。それともう一つ気がかりなことがある。

「御公儀は引き続き、御庭番を派遣なさらないのでしょうか。御庭番の邪魔立てをすることになってはまずいと存じますが……」

武山は静かに笑い、

「それは心配には及ばん。水野出羽守さまに御奉行が今後は自分に任せて欲しいと申された」

「ええ……」

それは取りも直さず、自分に責任が及ぶということである。

「御奉行はそれほどまでにそなたのことを信頼しておるのだ」

武山はいかにもありがたいと思えといった表情だ。

「ありがたく存じます」

あまりの責任の重さに言葉が枯れる。

「御奉行にそこまで信頼をされておるなど同心冥利に尽きるというものだ」

「相違ございません」

「だから、しかと頼むぞ」

武山は励ましているのだろうが、それは取りも直さず、巨岩に押し潰されるような重圧であった。こんなことなら引き受けなければよかったという思いが胸をつく。急に目の前がかすんで見える。

陽炎《かげろう》が立ち上り揺らめきの中にある光景はどこか夢のようだった。

「では」

武山は勘定を済ませ、急ぎ足で立ち去った。

「ふ〜」

なんとも重いため息が洩れた。

「さて」

胸をぽんと叩いて縁台から腰を上げた。

一方、杵屋では、

「どうしましょう」

茂吉が落ち着きを失くしていた。源太郎は三吉を追いかけることにした。

「行く先は母の所に違いない。ということは、雑司ヶ谷村の鬼子母神に向かったと考えていいだろう」

「行きます。すぐに鬼子母神へ」

茂吉は必死だ。

源太郎は一瞬、今度こそ厳しい沙汰が待っているだろうという思いが過《よ》ぎったが、三吉や眼前の茂吉の必死さを思えば、そんなことは言っていられない。

「行こう」

源太郎も賛意を表した。

すると、善太郎が、

「自分が行きます。自分が目を離した隙に三吉は出て行ってしまったのですから」

「そうはいかん。これはあくまでわたしの役目だ」

「いいえ、そうはまいりません」

二人が揉めている間にも茂吉ははらはらしている。

「ここはわたしが行く。おまえはよい」

源太郎は強く言うと茂吉を伴い杵屋を出た。善太郎は不満そうに頬を膨らませた。

「ここから、多少歩くぞ」

「大丈夫です」

「旅をして来たのだろう」

「そんなことは言っておられません」

「ならば、急ごう」

源太郎は急ぎ足になった。茂吉も必死の形相でついて来る。江戸の珍しい風物を次々と横目にしながらも江戸見物などしている場合ではない。もっとも、茂吉にそんなゆとりはないだろう。

二人はまさに口も利かず、雑司ヶ谷村にやって来ると参道にある茶店に入った。

「今日はお道の方さまの参拝はすんだのか」

入るなり店の主人に尋ねた。

「今日はまだでござえますよ」

主人は愛想よく答えた。

「ならば、ここで待たせてもらおう」

源太郎は汗を拭った。小袖の背中は汗が滲み、額といわず、首筋といわず汗でぐっしょりである。茂吉も同様だが、野良仕事で鍛えているのか、さほどに疲れた様子はない。

「お侍さま、そんなにも楽しみで来なすったのかね」

主人は丼に冷たい井戸水を汲んできた。それをごくごくと喉を鳴らしながら飲み干す。源太郎が飲み終えるのを見て、

「あれ、この前も来なすったのでは。確か、小さな子供をお連れでしたね」

「そうであった。あの時はご尊顔をよく拝めなかったからな」

一緒にいる男がその子供の父親であり、そしてお道の方の夫であったとは言えるはずはない。

「ほんでも、今日は遅いですな」

主人は参道に視線を凝らした。

「ところで、わたしと一緒にいた子供を見かけなかったか」

「ああ、あの可愛い坊ちゃんですか」

「見なかったか」

「いや、今日は」

主人は首を捻った。

「今日のところは見なかったですな」

源太郎は茂吉を見た。茂吉は心配そうな顔でいる。

「まずは、鬼子母神に参拝をするか」

源太郎は腰を上げた。

「はい、そうします」

茂吉も従った。

二人は鬼子母神の境内に入った。茂吉が、

「お道、いや、お道の方さまはここに毎日参詣にやって来るのですか」

「そうなのだ」

「ここは鬼子母神、安産祈願の神さまですね」

その言葉の裏にはお道が身籠ったことを受け入れているようだ。それには源太郎は答えを返さずにいると、

「仕方ねえか」

と、呟いた。

村人の窮状を救うため、己が妻を差し出した茂吉はさぞや複雑な思いに駆られているに違いない。その心中を考えると何と言葉をかけたらいいのか、迂闊に無責任な慰めの言葉などかけられるものではない。

蟬の鳴き声がやたらと耳についた。

四

二人はしばらく鬼子母神にいて様子を窺った。木陰に身を置き、お道の方の一行が、

そして、三吉がやって来るのをひたすら待った。

しかし、一行はやって来ない。

じりじりとした焦燥感が漂い、強い日差しに身を焦がされ蟬時雨が耳にやかましい。

「遅いですね」

茂吉が不安そうな声を出した。

「そうだな」

言っている源太郎も不安で一杯だ。そんな源太郎の気持ちが伝わったのか茂吉の不安も増したようだ。

その内、

「源太郎さま」

という声がした。

善太郎である。

「どうしたのだ」

源太郎が訊くと、

「なに、この近くまで商いに参りましたので」

善太郎は背中の風呂敷包みを下ろした。汗だくになりながら手拭いで顔を拭う。

「そんなことを言いおって」

源太郎には善太郎の行いが三吉から目を離した責任を感じてのことだとわかるだけに叱る気にはなれない。

「三吉、どうでした」

「それが見つからないんだ」

源太郎が言うと茂吉も不安そうに首を横に振るばかりだ。

「そいつはいけませんね」

善太郎は言いながら思案するように眉をしかめ、

「そうだ、ひょっとして上村さまのお屋敷に忍び込んだのかもしれませんよ」

「まさか」

源太郎は言いながらもそんな気がした。

「三吉は、三吉は」

茂吉は三吉の身を案じ周囲をきょろきょろと見回した。

「ここは下屋敷に探りを入れる必要がございます」

善太郎は心持ち自慢そうだ。

「よし、ならば、わたしに任せろ」

源太郎は強い決意をその言葉尻に滲ませる。ところが、

「源太郎さまはよくありません」

「どうしてだよ」

「お天道《てんとう》さまは頭上にあるのですよ。この明るいのに、八丁堀同心がお大名の屋敷に忍び込むなど、万が一見つかったらただではすみません」

「元より覚悟している」

「源太郎さまばかりかお父上にも、さらには北の御奉行所にもご迷惑がかかるのですよ。そんなことなすったらいけません」

「ならば、堂々と訪ねるまで」

「二度と、お屋敷には近寄らないと約束なすったのでしょ。それもいけませんよ」

善太郎は落ち着いたものだ。そう言われれば二の句が繋がらない。それにしても善太郎の落ち着きぶりは大したものだし、なんともいえぬ自信を感じさせる。

「おまえ、どうする気だ」

「手前は商いでございますよ」

善太郎は風呂敷包みに視線を落とした。そこに履物が詰まっているようだ。

「上村さまのお屋敷にお出入りが叶うよう、お願いするのです」

「商いに事寄せて中に入るのだな」

「そうです。以前にもやったことがあるのですよ。おとっつあんとお父上と一緒にさる武家屋敷を探るのに」

「そんなことがあったのか」

「ですから、ここはわたしにお任せください」

「ならば、任せるか」

「お任せください」

善太郎が風呂敷包みを背負った時、

「わたしもお連れください」

茂吉が前に出た。

「茂吉さん、それは無茶だ」

善太郎は驚きの表情を浮かべた。

「わたしも是非、お供にしてください」

「まあ、一人連れて行くのは不自然じゃないが。でも、履物のことなんかわからないでしょう」

「ですが、ここで待っていることなどできるはずはございません」

茂吉は両手で拝んだ。

それを見ていると源太郎も応援したくなる。

「連れて行ってやってくれぬか」

「そうは言っても……」

善太郎は茂吉を見つめた。茂吉は何度も頭を下げる。善太郎は根負けしたように軽くため息を吐き、

「では、一緒に行きましょう」

「あの、これはわたしが」

茂吉は風呂敷を自分が背負うと言い出した。

「いや、それは」

善太郎は抵抗を示したが、

「手代が若旦那を差し置いて手ぶらでは形になりません」

「それもそうか」

善太郎は風呂敷を茂吉に背負わせた。茂吉は背負い、

「では、まいりましょう」

「よし」

善太郎は芝居がかったような物言いをした。

善太郎と茂吉は上村家の下屋敷の裏門に至った。番士に向かって、

「手前、日本橋長谷川町で履物問屋を営んでおります杵屋と申します」

善太郎は丁寧に挨拶をした。その間、茂吉は手拭いを頬被りして俯いている。番士は怪訝な目を向けてきた。

「是非とも、こちらのお屋敷にお出入りをさせていただきたいと存じます」

善太郎は番士に一分金を握らせた。番士は明後日《あさって》の方を向いた。

「奥女中の方々や奥方さまに是非お目にかけたい履物がございます」

「少し、待っておれ」

番士はいかめしい顔を取り繕って屋敷の中に入った。茂吉は俯いているが、それは不安そうだ。やがて、

「入るがよい」

と、中に通された。

善太郎と茂吉は屋敷の中に入った。広大な敷地の中にいくつかの建屋があった。そこへ女中らしき女がやって来た。

「杵屋とはそなたですか」

女は女中頭の菊乃《きくの》と名乗った。

「菊乃さま、是非ともお目にかけたい履物があるのでございます」

「ほう」

菊乃は二人を案内して奥へと導く。御殿の奥へ回り込むと竹林に囲まれた檜造りの建屋があった。竹が風にしなり、いかにも涼しげだ。

菊乃はその建屋の縁側に、

「これへ、出してくだされ」

と、優雅に声をかけた。

「かしこまりました」

善太郎は愛想よく返事をして茂吉を見る。茂吉は黙って風呂敷包みを縁側に置いて結びを解いた。

「まあ、美しいこと」

菊乃は言った。そこには女物の草履や下駄が並べられた。

「ちょっと、待っていてくださいね」

菊乃は奥へ引っ込んだ。

茂吉が、

「わたしは、なにを」

「黙っていればいいですよ。しばらく、様子を見ましょう」

「わかりました」

二人のやり取りの後、菊乃は女中たちを連れて戻って来た。十人ばかりの女中は喜びの声を上げる。

「まあ、きれい」

口々に言いながら手に取った。善太郎はにこやかに説明をする。茂吉はその間に黙って俯いていた。

女中の一人が、

「杵屋さんの評判は聞いています。日本橋にお使いに行った時、お店に寄ったこともあるのですよ」

と、茂吉に声をかける。

「そ、それはありがとうございます」

茂吉は舌をもつれさせた。

「でも、高いんでしょ」

菊乃は恨めしそうな顔をする。

「上村さまのお屋敷に出入りさせていただければ、法外の喜びでございます。ですから、うんとお安くさせていただきます」

「それでも」

菊乃は言いながら眉間に皺を刻んだ。それから、

「殿さまは倹約にうるそうございますから」

「しかし、履物くらい」

「そう言っても」

菊乃が言うと、女中から、

「お方さまにお見せして、お方さまから殿さまに頼んでいただいては」

茂吉ははっとしたように顔を上げた。

「そうね、じゃあ、まずは、ご覧いただきましょう」

菊乃はお道の方を呼んでくると奥へ向かった。

第七章　不似合いな焦燥

一

善太郎と茂吉は思わず顔を見合わせた。茂吉の緊張が手に取るようにわかる。そんな二人の心中など知っているはずもない女中たちははしゃいで履物を見る。

「どうぞ、履いてご覧ください」

善太郎は履物を手に取って女中に手渡す。女中は遠慮していたが、善太郎に強く勧められて一人が履くと残る女中たちも我先にと履き始め賑やかな声が響いた。

そこへ、

「静まれ」

菊乃の声がする。先ほどとは打って変わったものものしい物言いだ。

女中たちは履物を風呂敷に戻し、隅に控えた。善太郎も茂吉も庭先に控え頭を垂れた。やがて、菊乃に伴われお道の方がやって来た。

「杵屋」

菊乃が善太郎を呼ばわる。善太郎は立ち上がり、履物の説明を始めた。お道はにこやかな顔でそれらを手にしていた。茂吉は置物のように固まっている。

「これなどはお方さまにぴったりの履物と存じます」

善太郎は印伝《いんでん》の草履を示した。

「まあ、きれいだこと」

お道はそれを取り上げる。頭上に翳してしげしげと眺めた。菊乃も、

「これは、お方さまのために用意されたようなものでございます」

と、歯の浮くようなことを言ったが、それはあながち世辞でもなかった。菊乃は、

「殿さまもお喜びになられると存じます」

「そうですねえ」

菊乃も気に入ったのか視線を外そうとはしない。善太郎が、

「実は、わたくしは鬼子母神に参詣なさるお方さまを拝見しまして、是非ともお履きいただきたく持参したのでございます」

「まあ、そうなのですか」

「わたしは嘘は申しません」

菊乃が、

「不遜な男とは存じますが、いかにも商人の熱心さでございますね」

「まこと、それで、本日も鬼子母神に参詣なさるのではないかと思って昼頃から待っておったのでございます」

「まあ」

お道ははにかんだような笑みを漏らした。

「ですが、本日は参詣なさらなかったようでございます。どこか、お身体のお加減がよろしくないのかと余計なことではございますが、心配したのでございます」

お道は心なしか顔に影が差したようだ。余計なことを言ってしまったのかという思いを取り繕うように、

「これは失礼しました。いかがでございましょう。その履物、実際にお履きになられては」

するとと菊乃も、

「そうなされませ」

と、強く勧めてくれた。

お道は迷う風だったがやがてすっと立ち上がり、縁側に立った。女中が菊乃から履物を受け取って庭に揃えた。お道は菊乃の手を引かれながら草履を履く。

「まあ、よくお似合いで」

善太郎が言う。

お道は微笑みながらふと庭で頭を垂れる茂吉に視線を落とした。茂吉はお道の視線を感じたのだろう。より一層、深く頭を垂れた。お道の顔色が変わった。

蒼ざめたと思ったらよろめいた。

「お方さま」

女中たちが悲鳴を上げた。

その時、茂吉がさっと動きお道を支えた。お道と茂吉の視線が交わった。

が、それも束の間ですぐに茂吉はお道の身体から離れ、

「申し訳ございません」

と、平伏した。

「大丈夫でございますか」

菊乃があわててお道に駆け寄る。

「大丈夫じゃ」

お道は威厳を保つように小さな声ながらきっぱりと答えた。

「でも、お顔の色が」

菊乃は案じている。

「やはり、お身体のお加減が悪いのではございませんか」

「いや、もう、大丈夫じゃ」

「今晩、殿さまがお出でになられます。それまでは、ごゆっくりと静養なされませ」

「そうじゃな」

お道はうなずいたものの心ここに非ず、といった風だ。

「杵屋殿、本日はご苦労であった」

菊乃に言われた。

「ありがとうございます」

善太郎は縁側に広げた履物を整えた。茂吉も手伝う。その横をお道は通った。えも言われぬ上品な香りが漂う。

お道は振り返り、

「履物のこと、殿さまにお願いしてみます」

「ありがとうございます」

善太郎は頭を垂れた。

茂吉はその時、手拭いを取りお道を見上げ、強い視線を送った。

「心配いりません。わたしに任せてください」

お道はくるりと背中を向けた。

善太郎と茂吉は風呂敷を整えた。菊乃が、

「お方さまが請け負ってくださったからには、大丈夫ですよ」

「ありがとうございます」

善太郎は頭を下げた。横で茂吉も頭を下げた。

二人は菊乃の案内するとの申し出をやんわりと断り裏門へと向かう。ここで善太郎はわざと裏門とは別方向に向かった。涼しげに枝を揺らしている竹林の中に入る。茂吉も続いた。

「子供が身を隠すとなると、ここら辺りではございませんか」

善太郎は竹林の中を、

「三吉」

と、呼ばわった。茂吉も目を皿にして探し回る。竹の枝を掃い除け、草むらを掻き分け探した。

だが、三吉らしき子供の姿はない。

その内、

「これ」

と、甲走った声がする。善太郎も茂吉もびくりとなった。

「このような所で何をしておる」

善太郎は知る由もないが水上次郎右衛門である。茂吉は手拭いを深く被り直した。

善太郎が、

「申し訳ございません。履物問屋の杵屋と申します。ただ今、奥へまいりまして、手前どもの履物をお方さまやお女中方にご覧にいただきました」

「履物問屋がこんな所で何をしておるのだ」

「小用を催しまして。厠を探したのですが、見つかりません。何せお広いお屋敷でございますから。それで、まことにご無礼とは思ったのですが」

水上は顔をしかめ、

「このようなところで用を足すなどもっての外《ほか》じゃ」

「申し訳ございません」

「もう、よい、早く去れ」

水上に追い立てられるようにして竹林を出た。

出た所に菊乃が立っている。

「これは、菊乃さま」

善太郎は頭を下げた。

「よかった、追いかけたら番士がまだ裏門にやって来ていないと申しておりましたので」

「それが、みっともないことに小用を催しまして」

善太郎は竹林を振り返った。菊乃はくすりと笑って、

「これ、お方さまからのお礼です」

と、紙包みを差し出した。

「いいえ、このようなものを頂くわけにはまいりません」

「よいのです。受け取ってくれなくてはわたくしが怒られますから」

菊乃に紙包みを握らされた。

「ありがとうございます」

善太郎は踵を返した。茂吉も続く。二人は今度こそ裏門に向かった。

「商いになったか」

番士が気さくに声をかけてきた。

「おかげさまでありがとうございます」

善太郎は丁寧に頭を下げて裏門を出た。

「いやあ、緊張しましたね」

善太郎は水上に見つかった時のことを思い出し肩をすくめた。茂吉は下屋敷の塀から伸びる見越しの松を見上げていた。それは、いかにもお道への断ちがたい未練を窺わせた。

「行きましょう」

善太郎に促されようやく我に返った茂吉は、はっとしながらも歩き出した。屋敷が見えなくなったところで源太郎が姿を現した。既に辺りには夕闇が迫っていた。

三人は無言のうちに鬼子母神前の茶店に入った。主人が、

「いつまで粘っても今日はお方さまは参詣にはおいでになられんよ」

「そのようだな」

源太郎は適当にいなしながらも冷たい麦湯を頼んだ。

二

善太郎は屋敷内での出来事を話した。茂吉は横で俯いている。

「で、三吉は見つからず仕舞いです」

「そう都合よくはいかないさ」

「とすれば、三吉は何処へ行ったんでしょうね」

「案外と、杵屋に戻っておるかもしれんぞ」

源太郎は茂吉の心配を思い朗らかに言った。源太郎が、

「茂吉がお道の方に会えたことはせめてよかったな」

「おら、別に未練はねえ」

茂吉は強く首を横に振った。源太郎も善太郎も言葉通りには受け取らず、茂吉の顔には痛恨の念が滲み出ていた。善太郎が茂吉の憂鬱を晴らすかのように、

「そうだ。お道の方さまから礼金を頂いたのです。いくらかな。美味いものでも食べましょう」

善太郎はお道からもらった紙包みを開いた。夕陽を受け、小判が黄金の輝きを放っ

た。

「一両とはさすがは御老中さまのご側室さまだ」

善太郎は口に出してから側室という言葉が茂吉を傷つけたのではないかと口をつぐんだ。と、小判の裏側から緑色のものがふわりと風に乗った。

「ああ」

善太郎は反射的にそれを拾い上げる。

「なんだ、これ」

それは楠の葉っぱだった。善太郎はしげしげとそれを眺め、

「なんでしょう」

と、不思議がっているが茂吉はじっと視線を凝らし、源太郎は、

「三吉はお道の方さまの所にいるんだ」

茂吉もうなずく。

「なんです」

善太郎だけはそれが理解できず、いかにも不満そうだ。

「これは、三吉が大事に持っていた葉っぱに違いない」

源太郎は鬼子母神でお道が参詣した折、三吉がこれを吹いたことを話した。茂吉の

目に涙が滲んだ。次いではっとしたように、

「そうです。あの時、お道が奥に下がろうとした時、わたしに任せてください、と言いました」

最早《もはや》、茂吉はお道と女房のごとく呼ばわっていた。それが不自然さを感じさせない。

「きっとそうですよ。あたしも、なんだか、妙なことをおっしゃるって思ったんですよ。そら、殿さまに出入りが叶うよう掛け合ってあげるということなんでしょうけど、どうも、それにしては違和感を感じたもんです」

善太郎も納得したように大きくうなずいた。

「そうに違いない」

源太郎も手を打つ。

「すると、三吉はどうなるんでしょう」

茂吉は新たな不安が募ったようだ。

「お道の方さまに守られている限り大丈夫だ」

源太郎は茂吉の不安を取り消そうと強い口調になった。それでも茂吉の不安は去らないようで、

「そうでしょうか。でも、今晩は殿さまがおいでになるとのことでした」

「確かに」

善太郎も言う。

「殿さまが来たからと言って……」

源太郎は三吉の置かれた状況が読めず苛立ちが募った。

「おら、もう一遍お屋敷に行きます」

茂吉は言った。

「そら、ちょっと危ないんじゃありませんか」

即座に善太郎は反対をする。

「でも、今、このまま帰る気にはどうしてもなれません」

「気持ちはわかるが」

源太郎は苦い顔をした。

「どうしても、この手で三吉を抱きしめないことにはわたしは帰れません」

「大丈夫だ。お道の方さまがきっと三吉を返してくださる」

「そんな保証はどこにあるんですか」

「保証は……」

「ありません。お道だってそんな勝手な振る舞いはできないでしょう」

「それは」

源太郎はつい口ごもった。

「ですから、わたしはなんとしてもこの手で三吉を取り戻します」

「無茶ですよ」

善太郎が言った。

「大丈夫です。裏手には畑が広がっておりました。そこからなら、夜中ならば入ることができます。お道がどこにいるのかはわかっているのです」

茂吉は引かない。

案外と頑固なのか、それとも、村人を救うため妻を差し出した男の気概なのか。

「わかった。わたしも行く」

源太郎は静かに言った。

「わたしも」

善太郎も当然のように申し出た。

「それはやめたほうがいい」

「乗りかかった船ですよ」

善太郎はいかにも不満そうだ。

「いや、やめておけ。三人ではいかにも目につきそうだ」

「しかし」

善太郎は尚も不満顔だったが、

「頼むから帰ってくれ」

源太郎に頭を下げられ、

「わかりました」

善太郎は不承不承といった様子で腰を上げた。

すると、茂吉が深々と腰を折り、

「善太郎さん、本当にありがとうございました」

「いや、大して役には立ちませんでしたよ」

「そんなことはありません」

「三吉、無事に連れ帰ってくださいね」

「はい」

茂吉は力強く答えた。

「なら、あたしはこれで」

善太郎の背中を見ているとつくづく大きくなったものだという思いがする。日に日に逞しくなり、商人としての成長を続けているようだ。

自分も負けていられない。

そんな思いを胸に仕舞い、

「腹ごしらえでもしよう」

「わたしはお腹は空いておりません」

「今晩は長丁場だ。腹が減っては戦はできない。精のつくものを食べよう」

茂吉は葉っぱを手拭いに挟み大事そうに懐中へと仕舞い込んだ。


源太郎と茂吉は参道で一膳飯屋を見つけると暖簾を潜った。

店の中は一日の仕事を終えた行商人や職人たちの笑顔で溢れていた。

「泥鰌《どじょう》の柳川《やながわ》とうどんをくれ、それと握り飯を」

源太郎が頼んだ。

「そなた、酒は飲むのか」

「たまに村の寄り合いなんかでは飲みますが。普段はやらねえです」

「わたしは父に隠れてこっそりと飲む。父はあまり酒を飲まないのでな。もちろん、今日はやめておく」

源太郎は茂吉の緊張を和らげようと陽気に語りかける。やがて、柳川が運ばれてきた。

「うまそうだ」

食べ物の湯気というのは人の心を和ませ、笑顔にするものだ。

「さあ、遠慮なく」

「いただきます」

茂吉も一口食べると食欲が湧いたとみえ、夢中になって食べ始めた。はふはふと熱々の泥鰌が玉子とよくからまって、いやが上にも食欲をそそる。

「どんどん食べろ」

源太郎に勧められるまま茂吉は泥鰌やにぎり飯を平らげた。

一通り、食べ終わったところで、

「さて、行くか」

源太郎は腰を上げた。

茂吉もやる気満々である。

二人は飯屋を出ると上村家の下屋敷へと足を向けた。表門の周囲にはものものしい警護がなされている。

「やはり、御老中さまがいらっしゃるのですね」

「そのようだな」

源太郎は言いながらも屋敷に入る算段をする。

「やはり、裏だな。裏の畑はおそらく手薄になっているはずだ」

「そうですとも」

茂吉は勢い込む。

「ならば、行くぞ」

源太郎と茂吉は生垣沿いをそっと走り屋敷の裏手に回った。狙い通り裏手は警護が手薄である、というか、近在の百姓もいないとあってはがらんとした畑が広がるにすぎない。

「慎重にな」

源太郎の言葉に、

「おらの方が慣れてるだ」

茂吉はいかにも手馴れた様子で屋敷の中を行く。

源太郎にはそれが限りなく頼もしく見えた。夜空に人々の声が聞こえる。どうやら、上村肥前守盛次がやって来たようだ。

三

源之助は行動を起こさねばならないと思ったものの特別な手立てが浮かんだわけではない。仕方なく摂津屋にやって来た。京次が周辺を見回っていた。すぐに源之助に気がつき、

「こりゃあ、旦那」

「何か動きがあったか」

「今のところはござんせんね」

「裏手に回ってみるか」

二人は摂津屋の裏庭に回り込んだ。狭い庭を隔てて母屋の居間に武士がいた。

「あれは上村さまの用人水上次郎右衛門だ」

源之助が京次に囁く。

涼を取るため襖を開け放してある。そこへ、徳兵衛がやって来た。

「銀札は集まったか」

水上の声が聞こえる。

「五匁《もんめ》の銀札がざっと六千枚余りでございます」

「金目にして五百両か。まずまずじゃな」

水上は満足に頰を緩めた。

「ですが、少々、危ないと存じます」

「どういうことだ」

「先月と今月、立て続けに盗人に入られたのでございます」

「もっと用心棒を雇ってはどうだ」

「それが、盗み目的ではなく御公儀の隠密のようなのでございます。金蔵に盗み入り、千両箱には目もくれず、専ら銀札を狙っております。盗人の所業とは思われません」

「敵は銀札に狙いをつけたようじゃな」

水上は目をしばたたいた。

「まだ、尻尾を摑まれておりませんが、町方で少々気になる役人がおります。北町の同心蔵間源之助という男です」

「蔵間か。そうじゃ、まさしく息子も下屋敷に探りを入れてまいった」

「本人は閑職に身を置いておりますが、それがかえって何やら臭います。町奉行となられた永田さまの内命を受けておるやもしれません」

「早めに配下の者を使って脅しをかけておいたのじゃが、返り討ちにしおった。永田が内命を下すにふさわしい男かもしれんな。企ての日は近い。くれぐれも用心せよ。蔵間のことはこちらで手を打つ」

　水上はそう言い置いて立ち去った。

　源之助は二人のやり取りが自分に及び、その買いかぶりともいえる評価に複雑な思いがした。

「様子を見てくる」

「そんな、無茶ですよ。たった今、蔵間さまのことを警戒しているって徳兵衛が言っていたじゃありませんか」

「大丈夫だ」

「いけません。ここは慎重に」

「かまうものか」

「でも」

　戸惑う京次を残し源之助は裏木戸から中に入った。

　徳兵衛はたった今話題にしていた当人が姿を現したことに驚いていたがすぐに気を

取り直し、

「これは、蔵間さま、何の御用でございますか」

「先月と今月、立て続けに盗人に入られたんではさぞや困っているのではないかと思ってな、それで、警護でもしようかと思った次第」

「それはご親切に痛み入ります」

徳兵衛は言葉とは裏腹に顔を歪めた。

「ですが、用心棒の井上清十郎先生もおられます通り、手前どもはそのお心だけ承りとうございます」

「こちらに入って来る時、立派な身形の武家がおられたが、どなたかな」

「御老中上村肥前守さまの御用人水上さまでございます」

「さすがは摂津屋、御老中とも親しいとはな」

「ありがたいことでございます」

「ともかく、近頃、摂津屋に限らず両替屋を狙った盗みが起こっておるのでな、町奉行所としても何もしないわけにはまいらんのだ」

咄嗟《とっさ》に作り話をした。

「手前どもは大丈夫でございます」

「まあ、そう言わずに」

「ご親切、痛み入りますが、不要でございますので」

徳兵衛はいかにも迷惑そうに顔を歪めている。

「では、土蔵の様子だけでも見させてはくれんか。今後の参考としたい」

「どうしてもとおっしゃるのならご案内申し上げましょう。どうぞ、こちらでございます」

徳兵衛は庭を横切り土蔵の一つの前に立った。

「さあ、どうぞ中へお入りください」

徳兵衛は南京錠《なんきんじょう》を外し、引き戸を開けた。もわっとした熱気に吹かれた。

「暑気が籠っておりますが、我慢なすってください」

中は八畳ほどの板敷きだ。源之助が勤務する居眠り番の土蔵とさほど変わらない。ところが、当然ながら内部は大違いだ。

「こちらが、千両箱です」

徳兵衛は戸口から右手の壁際に積まれている千両箱を指し示した。

「これは壮観だな」

源之助は山と積まれた千両箱を見上げた。

「あれが十貫目箱でございます」

と、奥に積まれている木箱を見た。十貫目箱には銀が収納されている。五百匁入りの包銀《つつみぎん》と呼ばれる紙包みが二十個納められている。こちらも壮観である。

「それから、これは、最近とみに多くなりました南鐐二朱銀です」

十貫目箱の左隣に南鐐二朱銀が入っている木箱を指差した。

「南鐐二朱銀、便利なものだな。上方の者にとってはありがたい限りだ」

「さようでございますな」

徳兵衛はそれきり土蔵から出ようとしたが、

「待て、銀札があったであろう」

「ああ、さようでございましたな」

徳兵衛はさも今思い出したようにうなずいた。

「これか」

源之助は千両箱とは反対側の壁に積んである木箱の前に立った。

そこに木の札が立てかけてある。

「これが池田藩、これが伊丹藩であるな」

「いかにもさようでございます」

「これだけの銀札とは凄いな、どれくらいあるのだ」

「まあ、ざっと六千枚でございますな」

　徳兵衛は嘘はつかなかった。正直に言ったところで源之助には自分たちの企てがわかるわけがないと思っているようだ。

「ざっと、金目にしていかほどじゃ」

「五百両ですな」

「すると、益々解《げ》せん。銀札はこんなにも莫大な数を集めて五百両。ここには、千両箱、十貫目箱、南鐐二朱銀入りの木箱が山と積まれておる。まさに宝の山だ。それには目もくれず、盗人は紙くずとは申さんが銀札に執着したとは……」

「何度も申しますように手前どもには盗人の心はわかりません。摂津屋は、上方でお世話になっております、お大名さまのため銀札を買い取らせていただいておるだけでございます。もう、よろしゅうございますか」

「そうじゃな」

「何かおわかりになられましたか」

「さあてな」

　源之助は実のところ不明のままである。それどころか、新たな謎が加わった。武山の話で盗人が御庭番とわかり、千両箱には目もくれず銀札を探っていた理由は明らかになった。だが、その銀札は五百両。大金には違いないが、池田藩や伊丹藩の名酒を買占め暴利を得るには心もとない。もっと、銀札を集めるのかもしれないが、水上の話では企ては近日中ということである。

五百両分の銀札を集め、一体何をしようというのか。

「ここ当分は井上先生だけではなく、店の者も交代で蔵番をしたいと存じます。決して御奉行所のご迷惑にはならないように致します」

「迷惑ではないがな」

「蔵間さま、そろそろ出ましょう」

徳兵衛はにっこり微笑むと蔵を出た。源之助も出る。徳兵衛は南京錠に錠をかけた。

「ご苦労さまでございました」

「邪魔したな」

「蔵間さまもお身体を大切になすってください」

水上とのやり取りを聞いた後だけに徳兵衛の言葉は空々しい。だが、その気持ちを顔に出すことはなく、

「礼を申す」

源之助は不安に駆られながら表に出た。庭を横切り木戸を出ると京次を探した。裏には京次の姿はない。摂津屋の表に回った。

京次が数人の侍を伴って摂津屋の前を通りかかった。京次は親切そうに笑顔を弾けさせ、

「こちらですよ」

と、侍たちを摂津屋へと案内をした。

「すまんなあ」

侍は人の良さそうな笑顔を浮かべ摂津屋の中に入って行った。

京次は源之助に気がついた。

「今のはやはり、上方の侍か。なにやら、上方訛りが聞かれたが。池田藩や伊丹藩の方々か」

「上方は上方なんですがね。それが、池田藩でも伊丹藩でもなく、御老中上村さまの御家来だったんですよ」

「上村さまの領国があるのは上野《こうづけ》ではないか」

「それが、上方に飛び地を領有しておられるそうです」

「飛び地をな……」

「その飛び地を管理なさる代官所から摂津屋にご用事があってまいられたようですよ」

「この炎天下にご苦労なことだな。全部で何人だ」

「ざっと、十人ばかりですね」

「それは、それは」

源之助はぼんやりと摂津屋の中に入った上村肥前守の家来衆を目で追った。

「これからどうします」

「そうだなあ」

源之助はうなった。

「どうしました」

「どうも気になるんだ。上村さまのご家来衆のことだ」

「何か怪しいですか」

「怪しくはない」

「じゃあどういうことですか」

「よくわからん」

「はっきりしませんね、旦那らしくないや」

京次はふっと鼻を鳴らした。

四

「あの連中の様子を探ろう」

「なら、旦那、家で待っていておくんなさい」

「そういうわけにはいかん。わたしも探る」

「そんなことござんせんよ。蔵間さまが一緒じゃ目立ってしょうがありませんや」

「しかしなあ」

「どうしたんです」

京次は首を捻った。

「別にどうもしとらん」

源之助はつい剝きになってしまった。

「それ、それですよ。なんだか、焦っていらっしゃいますよ」

京次に言われはっとした。

図星を指された。確かに自分を見失っていた。武山に与力昇進を持ち出され、御庭番の上を行く手柄を立てるよう煽られ、すっかり自分というものを失ってしまった。それが、焦りとなって表に出てしまったのだ。京次が止めるのも聞かず、無理やり徳兵衛に金蔵を開けさせるとはこれまでには考えられない行動である。

恥ずかしい。

居眠り番に左遷され、しゃかりきになって仕事一筋に生きてきた己が半生を省み、これからは家庭を大切にし、己が暮らしに彩りを添えようと思っていた。

それが、ちょっと、顎を撫でられたらこの有様だ。

「すまん」

「いや、詫びなんぞ必要ござんせんが、でも、どうなすったんですよ」

「いや、わたしとしたことが、少々色気を出してしまった」

「なんです、色気って。どこかにいい女でもおりますか。まさか、蔵間さまに限ってそんなことはございますまい」

京次はきょとんとなった。

「この面《つら》で女ではないがな」

源之助はいかつい自分の顔を指差した。

「任せてくださいやし」

　京次は胸を張った。

　源之助は神田三河町の京次の家に向かった。それを見送ってから京次は侍たちの様子を窺った。

「では、母屋の方へ」

　手代の声が聞こえた。侍たちは店の奥へと向かった。京次は先回りするように裏手に回る。裏の生垣にしゃがみ込み、母屋を見た。

　徳兵衛が侍たちを伴ってやって来た。

「先ほど、水上さまがおいでになりました」

　侍たちはうなずいた。

「では」

　徳兵衛は縁側に出て手代を呼んだ。手代はすぐにやって来た。

「例のものを」

　徳兵衛は命じた。

　手代は庭を横切り、蔵に入った。しばらくしてから土蔵から手代は出て来た。大勢の手代たちで木箱を運んで来た。それを縁側に積む。

「さて、これを」

徳兵衛は木箱を開けた。

「銀札でございます」

徳兵衛が言うとみな、ため息を洩らした。

「額面五匁の銀札が六千枚、金目にして五百両分でございます」

「よくぞ、これだけの銀札を集められましたな」

徳兵衛はにんまりとした。

「とにかく、これを手分けしてお持ちになり、上村さまの下屋敷に行かれてください。今晩、殿さまも来られます。そして、水上さまのお指図をお受けになってください」

「承知」

徳兵衛は頰を緩め、

「それにしてもこれから面白いことになりますな」

「我ら何をすればいいのだ」

侍たちはきょとんとしている。

「お指図は水上さまからございます。銀札を納めてください」

徳兵衛に言われて侍たちは各々持参した風呂敷に銀札を包み始めた。

「それがすみましたら、少々、早いですが夕餉の支度がしてございます。殿さまが下屋敷に向かわれるまで、こちらで夕餉を食されませ。では、ひとまずこれにて」

　徳兵衛は腰を上げた。


　源之助は京次の家にやって来た。

「邪魔するぞ」

　源之助は格子戸を開けた。

「いらっしゃい」

　お峰がにこやかに出迎えてくれた。

「相変わらず暑いな」

「ほんとですね」

　お峰は白玉《しらたま》でも用意しますと言った。

「あいにくうちの人は出ています」

「ここで、待ち合わせているんだ」

「あら、そうですか。じゃ、ごゆっくり。そうだ、三味線、もう一度やってみませんか」

　源之助は居眠り番に左遷された直後、暇を持て余すあまり何か趣味を持たねばならないと思い、お峰に三味線を習ったことがある。だが、長続きしなかった。

「そうだな」

「まあ、気のない返事だこと」

お峰は心持ちすねたような物言いとなった。

「ま、勘弁してくれ」

「別に責めてやしませんけどね」

言いながらお峰は白玉を源之助の前に置いた。

「これはうまそうだ」

源之助は言ってから、

「そうだ。心太だけどな、大坂は心太に砂糖をかけて食するそうだ」

「本当ですか」

「嘘をついてどうする」

「言葉遣いも違えば、食べ物の好みも違うんですね」

「そういうことだな」

言ったところで、

「けえったぜ」

京次が帰って来た。

「何か買って来な」

「あいよ」

お峰は素直に出て行こうとした。きっと、内密の話があるに違いないと察したのだ。

「じゃあ、心太でも買って来ますよ」

お峰はそう言って出て行った。

「何かわかったか」

源之助は普段の落ち着きを取り戻していた。それで安心したのか京次は表情を和らげた。

「摂津屋徳兵衛は上村さまのご家来衆に銀札を持たせておりました。それで、その銀札を持って下屋敷に行けと、そこで、殿さまとご用人さまのお指図を受けるよう言ってましたよ」

「やはり、銀札はよほど重要な役割を果たすということだな。その役目を先ほどのご家来衆にやらせるのだろう」

京次もうなずく。

「わざわざ、上方の飛び地に住む家来を呼び寄せたというには、よほどの大事を託すに違いない。それが、何か」

源之助は神経を集中させる。

「江戸じゃ、銀札は役に立ちませんからね」

「それはそうだ」

「上方の御領内なら役に立つのでしょうか」

「いや、銀札はあくまで発行した大名家の領知内でないと流通はしない」

「そうですよね」

銀次も考え込んだ。

「だが、きっと何かあるはずだ」

「でなければ、摂津屋が大量に買い取りそれを上村さまの上方のご家来になどお渡しにはなりませんからね」

京次は同じことを繰り返した。二人は考えにふけった。沈黙が続き、気まずい空気が流れた。そこへお峰が心太を買って戻って来た。

「あら、あら。どうしたんです。旦那もおまいさんも。そんな深刻な顔をして。暑苦しくて仕方ありませんよ」

「ちょいとな、女にはわからねえ話をしているんだ」

「御用の話ですか、なら、あたしは口出しできないですね」

「金の話だ」

源之助は言った。

「おや、旦那でも儲け話なんて考えていらっしゃるんですか」

「そうではない」

「銀札だよ」

京次が言う。

「銀札って何」

お峰はきょとんとした。

「これだから、物を知らない奴は幸せだって言ってるんだ。銀札ってのはな、お大名がご自分の領知内でのみ通用させる金のことを言うんだよ。上方に多いんだ。だから、銀」

「へえ、そんなお足があるんだ。どんな形をしているのさ」

「紙だ」

「紙……」

「紙に銀いくらって書いてあってな、発行元が記されているんだよ」

「そんなのがお金になるのかい」

「なるんだよ、お大名の信用でな」

「へえ、あたしゃ、紙切れにしか思えないけどね」

お峰はさばさばと言った。

源之助の脳裏に閃くものがあった。

「それだ」

源之助の言葉に京次もお峰もきょとんとなった。

「なんです」

お峰が首を捻ると、

「紙切れなんだよ」

源之助はニヤリとした。

第八章　草笛の別れ

一

「なんです」

京次が訊くと横でお峰も不思議そうな顔をしている。

「銀札と言っても紙切れだと言ったのだ」

源之助は思わせぶりな笑みを浮かべた。

「どういうことですよ」

「それはのう」

源之助が説明しようと身を乗り出したところで、

「失礼します」

と、善太郎らしい声だが、その声は息が上がっている。

「善太郎か」

案の定、善太郎が現れた。善太郎は汗だくになりながら風呂敷包みを上がり框に置いた。源之助の顔を見ると安堵の表情を浮かべたが、すぐに息せき切ったように、

「ああ、よかった。やっぱり、ここにいらっしゃいましたか……。源太郎さまと茂吉さんが……」

その話しぶりは切迫しており、舌がもつれている。

「水を飲ませてやれ」

源之助が言うとお峰はすぐに丼に水を入れて戻って来た。その間、善太郎が話をしようとするのを制し落ち着かせた。

善太郎はごくごくと喉を鳴らしながら丼の水を飲み干した。それからふうっと深い息を吐き、やっと冷静になって、

「源太郎さまと茂吉さんが上村さまの下屋敷に忍び込もうとなすっているんです」

「なんだって」

驚いたのは京次である。

「どういうことか経緯を話してくれ」

源之助の落ち着きぶりは善太郎の負担を和らげたようだ。

「わたしと茂吉さんは履物の商いの振りをして上村さまの下屋敷に入ったのでございます」

善太郎は下屋敷での出来事を話した。

履物の見本を持ち、奥女中に披露している内にお道が現れたこと、お道は茂吉に気がついたことを順序を追って説明した。

その上で、

「お屋敷から帰ろうとしましたら、お道の方さまから礼だと紙包みを渡されました。そこには礼金と一緒に楠の葉っぱが包まれてあったのです。三吉が母との思い出の葉っぱだそうです。きっと、三吉は下屋敷のお道の方の所にいるのです。それで、源太郎さんと茂吉さんは下屋敷に忍び込もうと……」

善太郎は一息に話すと再び息が上がった。

「よく報せてくれたな。礼を申す」

「勝手な行いとは思ったのですが、そうせずにはいられませんでした」

「思い出すのう。おまえと善右衛門殿と一緒に旗本屋敷を探索したことを」

「そうでございました」

善太郎がにんまりとしたところで京次が、

「このままにしておいていいわけございませんや」

「上村さまのご家来衆も下屋敷に集まる」

「行きましょう」

源之助がうなずいたところで、

「ちょいと、待ってください」

お峰が言った。

「余計な口出しはするんじゃねえぞ」

「違うよ。すぐに、握り飯を用意するから持って行けばと言いたいの」

「そいつはすまねえ。さすがにできたかかあだ」

「調子いいったらないね、この人は」

お峰は台所に向かった。

源之助は善太郎に向き直り、

「善太郎、ご苦労だったな」

「蔵間さまにそう言っていただけると働いた甲斐があるというものでございます」

「善右衛門殿によしなにな」

「ありがとうございます」

善太郎は頭を下げ風呂敷を担いで京次の家を立ち去った。

「今からだと上村さまの下屋敷に着くのは、夜五つ半（午後九時）くらいになりますかね。その頃には暗くなっておりましょうから、忍び込むには苦労はないと思いますぜ」

「問題は忍び込んでからだ。しかし、考えてみれば、銀札のことも三吉の母のこともここにきて一気に収束しそうだ」

「銀札の絵解きをお願いしますよ」

「それは、下屋敷に忍び込んでからだ。そうだ……」

源之助は武山宛に書状をしたためることにした。

「すまぬが、これを北町奉行所に届けてくれ。下屋敷で落ち合おう」

「わかりました」

「よし、勝負だ」

源之助は大きく息を吐いた。

竹の皮に包んだ握り飯を懐に京次の家から外に出ると既に夕暮れである。上村家下屋敷に向かうべく自分に気合いを入れる。

神田の町並みを神田川に向かって歩き出した。両側に大店が軒を連ね小僧たちが店の表に水を撒《ま》いている。水に濡れた濃厚な土の匂いが立ち上ったが、いい具合に暑気払いになっている。

と、天水桶の陰から侍が現れた。背後からも足音が近づく。いずれもこの暑いのに着衣に乱れはない。無地の単衣に絽の夏羽織を重ね、仙台平《せんだいひら》の袴にはくっきりと筋が通っていた。いずれかの大名家の藩士のようだ。

となれば、上村肥前守の家来か。

それ以外には考えられない。果たして、前方から水上次郎右衛門がゆっくりと歩いて来た。

「同道願いたい」

水上は静かに告げる。

「断ったら命を絶たれますか」

源之助はニヤリとした。いかつい顔が微妙に歪み笑顔のはずが強面になっている。

「ここは天下の往来。まさか、我らとて刃傷沙汰に及ぶ気はない。そなたとて町人どもを守る町奉行所の同心。町人どもに危害が及ぶようなことは望むまい」

「いかにも」

「ならば、ついてまいれ」

水上は有無を言わせずくるりと背中を向けた。侍たちがさっと源之助の両側に立った。

何処か人気のない所に連れて行かれ、そこで始末をされるのか。摂津屋での水上と徳兵衛のやり取りを思い浮かべてみれば、源之助のことは水上が対処すると言っていた。

これが、その対処なのだろう。

往来は家路を急ぐ職人たちや大川に涼みに行こうとする者たちで賑やかだ。確かにこの場で反撃に出ようとすれば、夏の夕べを楽しもうとする者たちに危害が及ぶだろう。

水上の言葉ではないが、町人たちを守ることが自分の職務である。已が危機を脱するための巻き添えにしてはならない。

ここは水上に従ってみよう。

そう腹を括ってみると迷いはなくなった。人気がない所で刃を向けられようが、何らかの罠が待ち受けていようが自分の力を尽くすだけである。

水上は足早に雑踏を抜け、神田川に至った。神田川に沿って柳原《やなぎはら》と呼ばれる一帯が広がっている。通りと土手が連なり、通りには菰掛《こもが》けの古着屋が建ち並んでいる。既に店仕舞いとあってみな菰が閉じられていた。

見上げると土手の柳が風に揺れ、薄ぼんやりとした風景の中に女の影がちらちら見える。夜鷹たちだ。

水上はそんな光景になど目もくれず、正面を見据え大川に向かって黙々と歩いて行く。左手に新し橋《あたらばし》を見、右手に関八州郡代代官所の長大な築地塀の連なりが現れたところで水上は歩測を速めた。

浅草橋を越えると水上は一軒の船宿に入った。玄関を入ると侍たちが小上がりに上がって周囲に視線を走らせる。

「二階だ」

水上はぼそっと告げた。階段を登ろうとすると、

「大小を預かる」

水上に引き止められた。

丸腰にされることの不利を思ったが今更抗《あらが》ったところで仕方ない。黙って腰から大小を鞘ごと抜いた。侍の一人がそれを預かる。

腰の十手も抜いたが、

「これはよろしかろう」

水上は一瞬、躊躇《ためら》いを示したが、

「ま、よかろう」

と、階段を登って行った。

源之助も続く。水上は踊り場で両手をついた。

「北町奉行所同心蔵間源之助を連れてまいりました」

襖が開け放たれ部屋の中を見通すことができた。窓辺に立派な身形《みなり》の侍が座っている。水上の態度を見れば、それが老中上村肥前守盛次であるとわかった。

たとえ、敵としても相手は老中。源之助とて幕臣の末端に連なる身、礼を失してはならない。

源之助は両手をつき、

「失礼ながら、御老中上村肥前守さまとお見受け致します」

「いかにも、わしは上村である。遠慮するな、中に入れ」

上村はやや甲高い声で源之助を手招きした。

「蔵間、入るのだ」

水上に促され源之助は深々と頭を下げてから部屋の中に入った。

上村は額が広く、病かと思われるほどに蒼白い顔をしていた。目をぱちぱちと忙《せわ》しげに瞬《またた》き、それがいかにも神経質そうである。

二

水上が源之助の斜め右に座り、

「畏れ多くも現職の御老中がお会いになるのだ。その方のような身分の者にとっては生涯あるものではないぞ」

水上の言葉には反発心が起こる。いかにも八丁堀同心を不浄役人と蔑《さげす》んでいるかのようだ。

源之助が返事をせずにいると水上は身を乗り出そうとした。それを上村は制し、

「なるほど、蔵間源之助。なかなか骨のある奴。八丁堀同心という役目に誇りを持っておるようじゃのう」

源之助は上村の視線を受け止め、

「たとえ閑職に身を置こうとも、御公儀より預けられた十手を穢《けが》すような行いはして

おりません。また、今後もそれはしないと心に決めております」

源之助は十手を抜き頭上にかざした。夕陽を受け十手が煌《きら》めいた。その輝きはまさしく八丁堀同心としての矜持《きょうじ》を表しているかのようだ。

「おまえのような同心を抱えておるとは永田も幸せな男じゃ。町奉行にしてやってよかったというもの」

やはり、永田の勘定奉行からの突然の町奉行への異動は上村の意志であった。

「本日、お召しになられたのは摂津屋の一件でございますか」

「察しがよいな」

「他に御老中さまが拙者にご用があるとは思えません」

「まさしくそうじゃ。一度だけ申す。手を引け」

上村は短刀直入に言った。

「そういうわけにはまいりません」

源之助の確固たる物言いに水上が色めきたって、

「逆らうか」

源之助は水上に向き、

「いくら御老中さまでありましょうと、お受けできることとできないことがございます」

水上がそれに反発するように、

「無礼な奴め」

と、怒鳴った。上村は表情を消し水上に黙っているよう命じておいてから、

「わけを申さば、手を引くか」

「それはお約束できません」

「申すのう」

上村は肩を揺すって笑った。それからおもむろに、

「おまえ、永田に命じられ摂津屋を探ったな」

「はい」

「何がわかった」

隠しても仕方ない。むしろ、自分の考えを上村にぶつけてみよう。自分の考えが正しいかどうかはっきりするだろう。

「摂津屋は上方のお大名、池田藩と伊丹藩のご家来衆から銀札を買い取っております。今のところ、六千枚。金目にしますと五百両」

ここで源之助は言葉を区切った。上村は表情を動かすことなく聞いている。

「その五百両分の銀札を上村さまの上方におけるご領知より江戸にまいられたご家来衆に徳兵衛は持たせておりました。ご家来衆は銀札を上方に持ち帰るのです」

上村は頰を緩め、

「さすがは蔵間源之助、よくぞ、そこまで調べ上げたものじゃ」

「ですが、肝心なのはこれからでございます。摂津屋徳兵衛は、いえ、御老中上村肥前守盛次さまの狙いは何か」

上村はニヤリとした。

「何じゃと考える」

「銀札を池田藩、伊丹藩のご領内に持ち込み、領内の物や銀、銭の流れを混乱させる。短い期間に銀札が大量に使われれば、両藩の銀札の値打ちは下がります。両藩の台所事情は苦しくなり領内は大混乱を巻き起こすでしょう。銀札を銀や銭に替えようと札所に大勢の人間が押し寄せ、取り付け騒ぎが生じます。そうなれば、混乱を静めることは容易ではございません。打ちこわし、一揆が起こりましょう。そこで、御公儀は銀札の発行を禁止する。そうしましたなら、伊丹藩、池田藩は立ち行かなくなります。上村さまがこの両藩を何故、追い詰められるのかはわかりませんが、この両藩を追い詰め、改易もしくは転封を成し遂げんとなさっておられるのではないでしょうか」

源之助は一息に語ったことと老中の面前という緊張と相まって額や首筋から汗が滴り落ちた。

上村は黙っていたが、やがて両手をぱちぱちと打った。余裕しゃくしゃくといった態度だ。

「よくぞそこまで見通した」

「お褒めに感謝申し上げるべきでしょうか」

「わしはおまえを高く買ったぞ」

上村は一見して上機嫌だ。それがなんとも薄気味悪い。

「一つ、お尋ねしたいのですが」

「なんじゃ」

「上村さまは何故、池田藩、伊丹藩を改易に持って行こうとお考えなのでございますか」

「何と考える」

上村は試すような目をした。

「畏れながら御公儀の台所事情は楽なものではないことは天下承知の事実。上村さまは殊《こと》の外《ほか》、倹約にご熱心。御公儀の台所改善にも熱心に取り組んでおられると聞き及びます。ですから、池田藩、伊丹藩の領知を没収し」

源之助はここで言葉を止めた。

「両藩を改易に持ち込もうとは思わん。そこまではせん。転封を考えておる。両藩の領知は天領とする。しかし、それは必ずしも御公儀の年貢米の増収を図るばかりが目的ではない。わしが考えるのは海防である」

上村は厳しい顔つきとなった。

武山から聞いた上村の評判が思い出された。上村は格別に海防に熱心だと。

「池田藩、伊丹藩を転封し、天領とすることが海防にとってそれほど大事なのでしょうか」

「江戸と大坂は日本の要《かなめ》じゃ。江戸は天下総城下、大坂は天下の台所。西洋の船が日本の近海を侵すようになった当節、江戸湾と大坂湾の海防を強化せねばならん。それには、江戸、大坂とその周辺の土地を全て天領として御公儀が直接治めるようにして異国船への備《そな》えを万全にする」

「まこと、遠大なるお考えとは思いますが、江戸と大坂の周辺には譜代のお大名、旗本ばかりか外様のお大名方の御領知が入り組んでおります」

「いかにもその通りじゃ。わしの領知も摂津国内に飛び地がある。よって、池田藩、伊丹藩を転封することをまずは事始めとし、今後の天領化を推し進めるつもりじゃ」

「政《まつりごと》のことはよくわかりませんが、それはいささか強引と申しますか、大坂周辺、江戸周辺に領知をお持ちになるお大名、お旗本方の反発を受けるのではございませんか」

上村はけたけたと笑い声を上げた。

「反発を恐れておっては政は行えん」

「それはそうですが」

「どうじゃ、わしの下で働いてはみぬか。上村の家来として百石を与えよう」

上村は自信満々に投げかけてきた。

「わたしは北町奉行所の同心でございます。十八で見習いとして出仕して以来、二十五年の間、奉職しております。わたしばかりか、父も祖父も、さらには先祖も累代にわたって八丁堀同心を務め、息子も当然のごとくその道を歩んでおります」

「じゃが、閑職に退けられたではないか。なんとか申す聞いたこともない掛《かかり》じゃったな」

「両御組姓名掛でございます。居眠り番と揶揄されておる部署でございます」

「居眠り番な……」

上村は小馬鹿にしたように鼻で笑った。横目に水上が嘲笑を浮かべるのが見えた。

「いかにも、居眠り番でございます。ですが、どのような掛におりましょうと、わたしは八丁堀同心であることを誇りに思っております。江戸の町人のため、御公儀より預けられし十手を役立てることが自分の生き様と思っております」

源之助は話しているうちに身体中の血が熱くたぎるのを感じた。

「空元気《から》ではないのか。でなかったら、言い訳じゃ。居眠り番などという男としてやるべきではない閑職に回され、奉行所に必死でしがみついておる。まるで羽虫じゃな」

上村は吐き捨てた。

「御老中さまには虫けらとしか思われないでしょう。ですが、一寸の虫にも五分の魂と申します」

「要するにわしの申し出を断るのじゃな」

上村の声は乾いていた。

「お断り申し上げます」

源之助は両手をついた。この時、死を覚悟した。

「そうか、貴様、今回、永田から摂津屋とわしの企みを探るよう命じられ、褒美をちらつかされたのだろう。金と出世か」

「確かに御奉行からは探索の成果によりましては褒美も約束されております。ですが、そのために上村さまの申し出をお断りするわけではございません。今、申しましたように八丁堀同心であり続けることこそがわたしの生き方でございます」

源之助に寸分の迷いもない。

「勝手にせい」

上村は横を向いた。用は済んだということだろう。

「では、失礼致します」

源之助は一礼すると腰を上げた。水上がついて来る。階段を降りながら、

「馬鹿な奴」

背後で水上が鼻を鳴らした。

「大馬鹿でございます」

源之助はいかつい顔をにんまりとさせた。

三

源之助は一階に降りると、大小を渡された。侍たちからは異様な殺気が発せられている。源之助は油断なく小刀を腰に差した。

大刀を右手に持ち船宿から出たところで、夕闇が濃くなっていた。背後で大刀を抜く動作を感じた。

源之助は大刀を真後ろに突き出した。鞘の鐺《こじり》が相手の腹に当たりくぐもった声がした。と、次の瞬間には侍たちが一斉に大刀を抜いた。

源之助は大刀を鞘ごと持ち船宿を飛び出した。表にも侍が待ち受けている。源之助は大刀を抜き、

「てえい！」

憤怒の形相とすさまじい気合いで威圧した。侍たちはたじろぎ、正面に隙間ができた。源之助は躊躇《ためら》うことなく正面を突破し、桟橋へと降り立った。桟橋には屋根船が止まっていた。

夏の夜を楽しもうという納涼船である。

迷っている場合ではなかった。源之助は船に乗り込んだ。同時に船が出された。桟橋を見ると侍たちがこちらを見ている。

その中に水上の姿もあった。水上は薄笑いを浮かべていた。その余裕ある態度に胸騒ぎがした。

船内を見回す。

掛け行灯の揺らめきの中にある人影は一人きりだ。浪人者である。それはまさしく摂津屋の用心棒井上清十郎だった。

水上たちはわざと源之助を屋根船に追い込んだようだ。

井上はぎろりとした目で源之助を見上げた。

「待っておったぞ」

井上はうれしそうだ。

「上村さまからわたしを始末するよう言われたのか」

「五十両だ」

「わたしの首は五十両か」

安いのか高いのか見当がつかない。

「行くぞ」

井上は腰を上げた。そのまま大刀を抜く。源之助は大刀を腰に差し鞘に収めたまま間合いを取った。狭い船内である。思うさま動き回ることはできない。

天井が低く大刀を振り回すことも覚束《おぼつか》ない。できれば一撃で仕留めたい。

船は神田川から大川に出ると江戸湾に向かった。吉原に向かう猪牙舟《ちょきぶね》、両国へと向かう納涼船とは逆の方向だ。

船首が江戸湾に向けられたところで花火が打ち上がった。

「玉屋！」

「鍵屋！」

という掛け声が岸から聞こえる。花火に井上の殺気だった姿がちららと浮かぶ。

「てえい！」

井上の凄まじい気合いが発せられた。と、思ったら同時に井上は脇差を投げた。

源之助は咄嗟に左足を引いて鯉口《こいぐち》を切ると大刀を横に払った。源之助の大刀に跳ね飛ばされた脇差が船から外に飛び出し大川に沈んだ。

だが、それは井上の陽動作戦だった。井上は脇差を投げると同時にすり足で間合いを縮め源之助の懐に飛び込んで来た。

と、その時、船が大きく揺れた。

この揺れのおかげで井上の一撃は源之助を捉えることができず、わずかにそれた。

「おのれ」

井上は舌打ちをして大刀を八双に構え直した。源之助は下段に構える。二人とも腰を落とし船の揺れに備えた。

二人が対峙している間、船は江戸湾に向かっている。川風に潮の香りが濃くなった。花火の打ち上がるぱちぱちとした音、人々の歓声が耳にこだまする。

井上は突きを入れて来た。

源之助は横に避ける。井上は前のめりになった。そこへ一撃を加えようとしたが船の揺れに今度は源之助が足を取られた。

源之助はよろめいた。すると、懐から竹の皮に包まれた握り飯が床に落ちた。

井上は振り返り様、またしても突きを繰り出す。が、踏ん張った足は握り飯を踏みつけてわずかに手元が狂った。

これが幸いし大刀の切っ先は源之助の羽織を突き刺すだけですんだ。

今度は源之助が突く。

井上は背後に飛び退いた。源之助がつけこもうと左足を前に出したところで、井上の刃が下段からすり上げられた。

咄嗟にそれを払おうとしたが、井上の太刀筋は迅速で力強かった。源之助の大刀は跳ね飛ばされ船内に転がった。

「観念しろ」

井上は舌でぺろっと唇を嘗め回した。勝利を確信しているようだ。

追い詰めた獲物を仕留めるべく井上は大刀を鞘に戻し腰を落とした。居合いの一撃で倒すつもりなのだろう。

果たして井上は渾身の力を込め大刀を横に払った。

源之助は十手を突き出す。

鋭い金属音がし、火花が散った。井上の目に驚きの色が浮かんだ。予想外の動きだったのだろう。

その驚きが井上の油断を誘い、大刀は源之助の十手にからめ取られた。

「神妙にしろ！」

源之助は井上の大刀を大川に投げ捨てると、十手で井上の首筋を打ち据えた。井上はばったりと倒れた。

源之助はちらりと十手を見た。八丁堀同心の誇りがそこにはあった。

大刀の下げ緒で井上を縛り船内に寝かせると、

「山谷堀まで急いでくれ」

と、外に呼ばわった。

源之助の声に応じるように屋根船は大川を登り始めた。山谷堀から駕籠を飛ばし上村家の下屋敷に向かうつもりだ。

「腹が減ったな」

源之助は井上に踏みにじられた握り飯に恨めしげに視線を落とした。


その頃、上村の下屋敷では奥御殿のお道の寝間に三吉がいた。お道は三吉に小さな粒粒のある菓子を与えていた。赤、白、黄色の色とりどりの菓子だ。

「おっかあ、これ、なんと言うの」

「これはね、金平糖《こんぺいとう》というの」

お道はにっこり微笑んだ。

「甘い」

三吉の笑顔を見つめるお道の目に涙が滲んだ。

「明日の朝には帰るんだよ」

お道の言葉遣いは母親のものだった。

「いやだ」

三吉は激しく首を横に振る。

「駄目だよ」

「ここにいる」

「そんなことできない。おとっつあんが迎えに来たのよ」

「でも」

三吉は押し黙った。それを見ていたお道は溜まらず三吉を抱き寄せた。三吉は黙ったたままお道に抱きすくめられた。

「おら、帰る」

三吉はぽつりと言った。

お道は三吉の身体を離し両肩に手を置いて三吉の顔を覗き込む。三吉はもう一度、

「村へ帰る」

今度ははっきりと言った。

「ごめんね」

お道の目から大粒の涙が頰に伝わった。

「おっかあ、おっかあも苦しいの」

「とても辛い。おまえと離れて暮らすなんて」

「村のためなんでしょ」

お道はそれには答えず三吉を抱きしめた。

そこへ、

「お方さま、殿さまがご到着でございます」

と、菊乃の声がした。

三吉は子供ながらに自分がここにいることの迷惑を思ったのだろう。足音を立てないように屏風の陰に隠れた。

「わかりました」

お道は三吉に対する態度とは一変させ、老中の側室の威厳を漂わせながら立ち上がり部屋を出た。縁側で菊乃が控えていた。

「お出迎えに行きます」

「それが、殿さまはしばらく打ち合わせがあるから呼ぶまでは控えておられよとのことでございます」

「わかりました」

「では、失礼致します」

菊乃は別段、怪しむこともなく足早に立ち去った。

三吉が屏風から飛び出して来た。

「月がきれいよ」

夜空にくっきりと浮かぶ夕月はなんとも美しい。

「おっかあ。草笛を吹いて」

「いいわ」

お道は庭に下り、楠の葉っぱを手に縁側に戻って来た。そして、ぷっくりとした唇に軽く添え、草笛を吹いた。草を揺らす夜風に草笛の美しい音色が重なった。

「やっぱり、おっかあはうまい」

三吉は目をくりくりとさせた。

お道はにっこり微笑むと草笛を吹き続けた。それが、離れて暮らさざるを得なくなった息子への償《つぐな》いであるかのように。

一足早く秋が訪れたかのような艶めいた風が吹きぬけた。

四

源太郎と茂吉は屋敷に入り奥御殿へと向かった。

すると、草笛の音色が聞こえる。

「三吉か」

源太郎が囁くと茂吉は首を横に振り、

「あれは、三吉ではありません。お道です」

そう言われてみれば、どこか大人びた感じがする。茂吉は笛の音の方に向かって一目散に走り出した。源太郎も続く。

笛の音は生垣沿いに植えてある見越しの松の向こうから聞こえていた。源太郎はしばらく様子を見ようと思ったが、茂吉は木戸から中に入ってしまった。

放ってはおけない。

木戸を入ると、奥御殿の縁側でお道と三吉が並んで腰を下ろしていた。

草笛の音が止んだ。

「お道」

茂吉の声は万感の思いに震えていた。お道は立ち上がり様、庭に降り立つと茂吉に駆け寄った。

二人はしばらく見つめ合った後、茂吉がお道を抱きしめた。そこへ三吉も歩いて来た。茂吉は三吉を抱き上げ、お道は三吉の背中をやさしく撫でた。

束の間の一家団欒を楽しむ親子の姿を夕月の優しい光が包み込んでいる。その光景に源太郎の胸は詰まった。

だが、親子の幸せは呆気なく破られた。

庭先に多くの提灯の灯りが迫り、

「お道、待たせたな」

上村盛次の甲高い声が闇に響き渡った。お道は視線を彷徨《さまよ》わせ茂吉と三吉に隠れるよう言ったが、時既に遅く警護の侍に囲まれた上村が木戸から入って来た。

親子は呆然と立ち尽くした。

「これは、何としたことじゃ」

上村は眉を吊り上げた。水上が源太郎に気がつき、

「貴様、性懲りもなく」

源太郎は上村の前に出て片膝をつき素性を名乗ってから、

「どうか、茂吉と三吉をお許しください。三吉は母恋しさにこの炎天下、遥々上州から旅をしてまいったのです。幼き子供の心、何卒お汲み取りになり、今夜一夜の語らいをお許しいただきとうございます」

上村は蒼白の顔で源太郎を見ろしている。水上が、

「黙れ、狼藉者。三吉はお道の方さまの子にあらず、茂吉は夫にあらず。畏れ多くも天下の政を担う御老中さまのお屋敷に忍び入る狼藉者に他ならん」

「そこをお慈悲を持ちまして」

「ならん」

水上は源太郎を足蹴《あしげ》にした。源太郎は地べたを転がってから両手をつき、

「御老中さま、御老中さまの度量をお示しください。三吉も茂吉もそしてお道の方さまも御老中さまの領民でございます。領民を慈《いつく》しむのが御領主、ましてや御老中さまであられるのなら、御領主の範をお示しになられるべきではございませんか」

「下がれ下郎」

水上が怒鳴る。

「下がりません」

源太郎は必死の形相で上村を見上げた。水上は大刀を抜き源太郎に歩み寄った。次

いで頭上に掲げたところで、

「やめよ」

上村は静かに命じた。

「ですが」

水上が抗ったところで、

「やめよと申しておる」

上村は怒りを水上にぶつけた。水上は大刀を鞘に戻し片膝をついた。

「おまえ、蔵間源之助の息子じゃな」

「御意にございます」

「似ておるのう、そっくりじゃ」

「…………」

「父親と同じで己が正義を貫こうとする。小さな正義をな。こういう輩が最も始末におえん。厄介な、そして唾棄《だき》すべき者どもじゃ」

上村は冷たく言い放つと脇に控える侍を振り返った。侍は上村の大刀を両手に持っていた。

「殿、このような不浄役人を斬っては刀の穢《けが》れでございます。ここはわたしが」

水上が言うと、

「わしは無性にこ奴を斬りたくなった。小さな正義を振りかざす小生意気な男をな」

上村は大刀を受け取ると源太郎の前に立った。源太郎は睨み上げ、

「どうぞ、ご存分になされませ。天下の御老中さまの刃がどのようなものか、わが命で確かめます」

「ふん、下郎が」

上村は大上段に振りかぶった。突然、三吉が飛び出した。三吉の小さな身体が上村の身体にぶち当たった。上村の身体が大きくよろめいた。

「おのれ」

上村は三吉を怒りの形相で見下ろす。茂吉が三吉を抱きかかえ上村の前に座った。

「お殿さま、わたしをご成敗ください。蔵間さまには罪はございません。わたしをご成敗になってください」

「揃いも揃って虫けらどもめ」

上村の顔は血の気が失せ、目が激しくまばたかれた。

重苦しい空気が漂った。束の間、不気味な静寂が続いた後、お道が茂吉の横に座った。

怪訝な表情を浮かべる上村に向かって、

「殿さまに申し上げます。わたくしは、大切な殿さまのお子を流してしまいました」

「な、なんじゃと」

「お子は流れたのでございます」

「奥女中どもは何をしておった」

上村は色めき立った。

「女中たちに罪はございません。中条流《ちゅうじょうりゅう》によりましてわたしの意志で流しました」

中条流とは堕胎を専門とする女医である。上村は押し黙っていたが、

「どいつもこいつも、こうなったら、全て刀の錆《さび》にしてくれるわ」

と、狂ったような声を上げた。

そこへ、

「しばらくお待ちくだされ！」

闇を切り裂く大音声《だいおんじょう》が轟《とどろ》いた。源太郎は顔を上げ、

「父上」

上村も、

「蔵間か」

水上や警護の侍たちが蠢《うごめ》いた。

「失礼致します」

源之助は足早にやって来ると上村に頭を下げた。北町奉行永田正道と内与力武山英五郎も一緒である。

京次に持たせた書状には源之助の推量、すなわち上村の企みが記されていた。武山はただちに永田に報告し桐生藩下屋敷に駆けつけて来た。

「永田、丁度よい。わが屋敷内に狼藉者が忍び入った。成敗しようと思ったが、おまえに引き渡そう」

永田はそれには答えず、

「上村肥前守さま、役儀により言葉を改め申す。上村肥前守、浪人井上清十郎を金で雇い北町奉行所同心蔵間源之助を襲撃せる罪、及び摂津屋徳兵衛と語らい池田藩、伊丹藩の銀札を不正に買取りし罪により評定所に召喚することとなった」

上村は眉をしかめ、

「貴様、己が申しておること、わかっておるのか」

「もちろんでございます」

「わしが浪人などと関わるはずがない」

「井上は白状しました」

「知らん」

上村は激しく首を横に振った。

「いずれにしましても評定所で吟味がなされます」

「黙れ、町奉行の分際で老中職にある者に無礼千万」

永田は武山を見た。武山は懐から書状を取り出した。

「上意でございます」

永田はそれを引き取り、

「上村さま、最早、あなたさまは老中ではございません。上さまより、職を解かれてございます」

「なんと」

上村は信じられないというように弱々しく頭を垂れた。

「潔《いさぎよ》くなされませ」

永田は源之助に目配せした。源之助は懐中から呼子を取り出し夕月に向かって吹き鳴らした。それは、草笛とは大違いに耳障りな音色である。

不快な呼子に引き寄せられるように御用提灯の群れが殺到して来た。

五

七月になった。

残暑厳しき日々が続いている。夕暮れになり源之助は自宅の縁側で杵屋善右衛門と涼んでいた。

「さすがに、日暮れ近くとなりますと風がずいぶんと涼しくなりました」

善右衛門は気持ち良さそうな顔をした。

「毎日、日が短くなります。秋が訪れておりますな」

源之助は言いながら、毎年飽きもせずに同じ話をすることを思った。こんな平穏な会話ができるということの幸せを嚙み締める。

「上村さまのご処分が下されたとか」

「結局、上村さまは井上との関わりをお認めになりませんでした。しかし、ご自分の家来方が池田藩、伊丹藩の大量の銀札を所持していたことの言い逃れはできませんでした。実は、今回の上村さま捕縛は御側御用人水野出羽守さまのご意思であるようです」

「政の争いでございますか。雲の上のことでございますね」

善右衛門は空を見上げた。薄く黒ずんでいる雲は入道雲ではなく鰯《いわし》雲だ。

武山の話では、幕閣の間では上村の強硬な政策、大坂、江戸周辺を全て天領にするという考えを危険視する者が多かった。特に水野出羽守は上村の政策が推し進められ、上村の力が増大することに危機感を覚えていた。

自分の出番がなくなると思った。将軍徳川家斉の側近中の側近である水野はやがて老中となり、家斉の派手好みを政に反映させ貨幣改鋳によって幕府の財政を潤わせようと考えていたのだ。

水野にとって上村は政敵であった。

こうした雲の上の争いによって上村は失脚した。

自分は何をしたのだろう。

上村は確かにやり過ぎの面はあった。領内の百姓の女房を自分のものにする無慈悲な顔も持っていた。

しかし、やろうとしたことは上村なりの正義、幕府にとってよかれと思っての行いである。その根底に権力欲が渦巻こうがそれは政を担う姿であろう。

今回の影御用は幕閣の政争に巻き込まれたようなものだ。そのせいか、落着となってみても喜びに浸れない。何となくもやもやとしたものは胸に残っている。

「上村さまは隠居、上村家は五万五千石から三万石に減封の上、奥羽の何処かへ転封となります。摂津屋は取り潰しです」

「商人には厳しゅうございますな」

善右衛門は口に出してからあわてて口をつぐんだ。源之助はいかつい顔を緩ませた。

「幸いなことは、お道の方さまが岩野村に戻ることを許されたことです。茂吉や三吉と一緒に暮らせるようになりました」

「それはよかった。お上にもお慈悲がありますな」

「善太郎の働きが大きかったです」

「源太郎さまも身体を張っておられたとか。そう言えば、源太郎さまはまだお戻りではないのですか」

「今日、三吉たちが上州へ旅立つので見送りに行っているのです」

源之助は大きく伸びをした。

奉行永田は源之助の働きに満足し、約束通り与力昇進を実施しようとした。源之助は丁重に断り、その代わりにお道が茂吉、三吉と暮らせるよう願い出た。

永田は源之助の欲のなさに呆れながらも願いを聞き届けてくれた。

与力昇進に未練が残ったが、自分には同心という役目こそがふさわしい気がする。船宿で上村に言ったように、累代にわたって同心を務めてきた蔵間家の血がそう思わせているし、源之助自身、裃《かみしも》に身を固め奉行所内で書類と格闘することは苦手だ。江戸の町を駈けずり回り、四季の移ろいを身体で感じたい。庶民の声を直《じか》に耳にしたい。

八丁堀同心、たとえ居眠り番でもそれは源之助には何物にも代えがたい誇りある職務である。

源太郎は荒川に架かる千住大橋の袂に立っていた。この橋を渡れば千住宿、日光街道及び奥州街道の最初の宿場町である。

大勢の旅人が行き交う中、三吉、茂吉、そしてお道は何度も振り返り源太郎に頭を下げる。源太郎は三人の姿が見えなくなるまで見送った。

三人の姿が見えなくなってから、草笛の音色が聞こえた。微妙に違う音色が交錯している。三吉とお道が吹いているに違いない。

夕映えのどこか寂しげな光景には不似合いな明るく楽しげな音色は親子が共に暮らせる喜びに満ち溢れていた。

時代小説

二見時代小説文庫

草笛《くさぶえ》が啼《な》く　居眠《いねむ》り同心《どうしん》　影御用《かげごよう》5

著者　早見《はやみ》　俊《しゅん》

発行所　株式会社　二見書房
東京都千代田区三崎町二－一八－一
電話　〇三－三五一五－二三一一［営業］
　　　〇三－三五一五－二三一三［編集］
振替　〇〇一七〇－四－二六三九

印刷　株式会社　堀内印刷所
製本　ナショナル製本協同組合

落丁・乱丁本はお取り替えいたします。
定価は、カバーに表示してあります。

 ISBN978－4－576－11098－1
http://www.futami.co.jp/

居眠り同心 影御用 源之助 人助け帖
早見俊［著］

凄腕の筆頭同心がひょんなことで閑職に……。暇で暇で死にそうな日々に、さる大名家の江戸留守居から極秘の影御用が舞い込んだ。新シリーズ第1弾！

朝顔の姫 居眠り同心 影御用2
早見俊［著］

元筆頭同心に御台所様御用人の旗本から息女美玖姫探索の依頼。時を同じくして八丁堀同心の不審死が告げられた。左遷された凄腕同心の意地と人情。第2弾！

与力の娘 居眠り同心 影御用3
早見俊［著］

吟味方与力の一人娘が役者絵から抜け出たような徒組頭次男坊に懸想した。与力の跡を継ぐ婿候補の身上を探れ！「居眠り番」蔵間源之助に極秘の影御用が…！

犬侍の嫁 居眠り同心 影御用4
早見俊［著］

弘前藩御馬廻り三百石まで出世した、かつての竜虎と謳われた剣友が妻を離縁して江戸へ出奔。同じ頃、弘前藩御納戸頭の斬殺体が江戸で発見された！

憤怒の剣 目安番こって牛征史郎
早見俊［著］

直参旗本千石の次男坊に将軍家重の側近・大岡忠光から密命が下された。六尺三十貫の巨躯に優しい目の快男児・花輪征史郎の胸のすくような大活躍！

誓いの酒 目安番こって牛征史郎2
早見俊［著］

大岡忠光から再び密命が下った。将軍家重の次女が輿入れする喜多方藩に御家騒動の恐れとの投書の真偽を確かめよという。征史郎は投書した両替商に出向くが…

一万石の賭け 将棋士お香 事件帖1

沖田正午［著］

水戸成圀は黄門様の曾孫。御俠で伝法なお香と出会い退屈な隠居生活が大転換！藩主同士の賭け将棋に巻き込まれて…。天才棋士お香は十八歳。水戸の隠居と大暴れ！

剣客相談人 長屋の殿様 文史郎

森詠［著］

若月丹波守清胤、三十二歳。故あって文史郎と名を変え、八丁堀の長屋で貧乏生活。生来の気品と剣の腕で、よろず揉め事相談人に！心暖まる新シリーズ！

狐憑きの女 長屋の殿様 剣客相談人2

森詠［著］

一万八千石の殿が爺と出奔して長屋暮らし。人助けの万相談で日々の糧を得ていたが、最近は仕事がない。米びつが空になるころ、奇妙な相談が舞い込んだ…

赤い風花《かざはな》 剣客相談人3

森詠［著］

風花の舞う太鼓橋の上で旅姿の武家娘が斬られた。瀕死の娘を助けたことから「殿」こと大館文史郎は巨大な謎に立ち向かう！大人気シリーズ第3弾！

奇策 神隠し 変化侍柳之介1

大谷羊太郎［著］

陰陽師の奇き血を受け継ぐ旗本六千石の長子柳之介は、巨悪を葬るべく上州路へ！江戸川乱歩賞受賞のトリックの奇才が放つ大どんでん返しの奇策とは？

御用飛脚 変化侍柳之介2

大谷羊太郎［著］

幕府の御用飛脚が箱根峠で襲われ、二百両が奪われた。報を受けて幕閣に動揺が走り、柳之介に事件解決の密命が下った。幕閣が仕掛けた恐るべき罠とは？